猫も杓子も恋次第

～麗しの御曹司さまはウブな彼女に癒やされたい～

★

ルネッタ🄻ブックス

CONTENTS

1、麗しいお客様	5
2、癒やしの天使　Side 渉	45
3、触れたいし触れられたい	66
4、絶対に離したくない　Side 渉	103
5、結婚します	115
6、悩める神童　Side 渉	151
7、甘くて甘くない新婚生活	202
番外編　猫と癒やしと記念日と	268

1、麗しいお客様

「ねえショコラ、今日もあの人は来ると思う？」

立春とは名ばかりでまだまだ寒い二月あたま。猫カフェ『ふれあいルーム』のカウンターで頬杖《ほおづえ》をつきながら、私、木南茉白《きなみましろ》は目の前で毛繕いをしているオスの三毛猫ショコラに話しかけた。

後ろの壁を見上げると、時計の針はすでに午後七時を過ぎている。閉店時間まで残り一時間弱、受付終了の午後七時半までもうすぐだ。奥のソファで猫と戯《たわむ》れている最後のカップル客も、そろそろ退室時間になる。

『保護猫カフェ・ショコラ』は猫たちとの触れ合いと譲渡を目的とした猫カフェだ。

都内に三店舗を構える人気店で、私が働いている渋谷《しぶや》が一号店。道玄坂《どうげんざか》にある八階建ての複合ビルの二階、幅広の階段を上がってすぐの場所に店がある。

このビルは二階までがテナント、三階から上が賃貸マンションになっている。

店名の由来はお察しのとおり、目の前にいるデブ猫……もとい、看板猫の『ショコラ』から。

ショコラは店のオーナーで私の叔母である木下瑠衣子《きのしたるいこ》の飼い猫で、このビルの三階にある住居で一人と一匹で暮らしている。

毎日彼女と一緒に出勤してきては、閉店までの時間をカウンターや日当たりのいい窓際で巨体を曝《さら》し……いや、のんびりと寛《くつろ》いでいる、お店のボス的存在だ。

瑠衣子さんは現在五十一歳の女性実業家。共同経営者だった旦那様が三年前に亡くなったあとも、店を切り盛りするだけでなく猫の譲渡会に参加したりと忙しくしている。私が事故で両親を亡くしてから五年間、二十四歳の今まで支えてくれている恩人で、第二の母親みたいな存在でもある。

その瑠衣子さんは、今日は三階の自宅で新しく保護したばかりの仔猫《こねこ》の世話をしている。大学生バイトの加奈《かな》ちゃんはいつもの午後七時に帰ったため、残りの時間は私一人で店番だ。

もっとも平日のこの時間から来店する人などほぼいない。瑠衣子さんからは手が足りなければ呼ぶように言われているけれど、この様子だと電話を掛ける必要はなさそうだ。

――けれど今日は金曜日だから、もしかしたら……。

じつは私には気になっているお客様がいる。先月から通ってくれるようになったサラリーマン風の男性で、たぶん年齢は二十代後半くらい。上品で穏やかな雰囲気の彼が来ると、ついつい目で追ってしまうのだ。

けれどもこれは、ただの憧れというか興味本位というか。そっと見ているだけでいいし、お客様と店員以上の関係を望んでいるわけでもない。

――だって私が気になっているのは……。


そのときピンポーンと来店を知らせる自動ドアのチャイムが鳴った。

――あっ！

慌てて振り返ると、入り口でキョロキョロしているコート姿の男性の姿がガラス越しに見えた。

この店は入ってすぐがセルフ式のカフェスペースになっており、衛生面を考慮して猫たちのいる『ふれあいルーム』とはガラスの壁で仕切られている。

カップ式自販機のドリンクは飲み放題なので、あとはテーブル席やガラス前のカウンター席で好きなものを飲みながら猫たちの姿を眺《なが》めてもよし、『ふれあいルーム』で猫たちと戯れるのもよしの自由な仕様。

つまりこちら側からもカフェスペースがバッチリ見えるわけで……。

「ショコラ、穂高《ほだか》さんだよ！」

私は黒いボブヘアを手櫛《てぐし》で整え、お店のロゴが入った紺色のエプロンをサッと叩《はた》いてから
すぐ後ろのドアを開けた。ここからカフェスペースにあるレジカウンターに出ることができる。

穂高さんは長身を屈《かが》めて入り口横のシューズラックに革靴を並べているところだった。

「こんばんは、いらっしゃいませ」

若干緊張しながらレジカウンター越しに話しかけると、彼が「こんばんは」と白い歯を見せて振り返った。いつもながら眩《まぶ》しいほどの麗しさだ。

二重瞼《ふたえまぶた》に高い鼻梁《びりょう》のくっきりした顔立ちながら、笑うと目尻が下がって柔らかい印象を与えている。これで目の下の隈《くま》がなければ完璧だと思う。

彼は猫ちゃん柄のスリッパを履いてレジカウンターまで歩いてくると、黒い革財布から会員カードを取り出した。そこには店名の隣に太った三毛猫のイラスト、そして【穂高渉《わたる》】という名前と会員番号が印刷されている。

「今日も六十分コースですか？」

「はい、いつもギリギリですみません」

申し訳なさげに言いつつも、今日もきっちり閉店十分前に切り上げるのに違いない。なぜなら彼は毎回必ずそうしているからだ。

「まだ受付終了前なので大丈夫ですよ。どうぞ八時までごゆっくりお寛ぎください」

会員カードをチェックしてから料金をいただきロッカーキーを手渡す。

「ありがとうございます」

穂高さんは慣れた様子ですぐそこのロッカーに向かい、中にブリーフケースを置いてコートと上着をハンガーに掛ける。それからネクタイもちゃんと外すのを見て、思わずふふっと笑いが洩《も》れた。

彼が初来店したときに、私がうっかり『ネクタイは猫ちゃんたちのオモチャになってしまうので外したほうがいいですよ』と注意するのを忘れてしまい、『ふれあいルーム』でショコラに飛び掛かられてしまったのだ。それ以来、彼は自主的にネクタイを外すようになっていた。

短いあいだだけど見ていたらわかる。きっと彼は素直で誠実な人なのだろう。


穂高さんとの出会いは一ヶ月前に遡《さかのぼ》る。

その日は正月が明けてすぐだったということもあり客足がまばらで、午後七時前には瑠衣子さんと二人で『今日はもう誰も来ないだろうね』、『早めにお店を閉めようか』などと話していた。

そこにふらりと入ってきたのが彼、穂高渉さんだった。

こういう店には珍しいスーツ姿。ブリーフケースを片手にビシッとキメたサラリーマンの風貌で、けれどやけに疲れた顔色だったのが印象的で。

彼は猫カフェに来るのが初だったらしく最初は戸惑っていたものの、『ふれあいルーム』で猫が寄ってくると嬉《うれ》しそうに背中を撫《な》でていた。三十分の予定が結局延長して一時間ほど過ごして帰っていったのだが、それ以来、毎週金曜日に店を訪れるようになったのだ。

来店時間は大体いつも午後七時前後。閉店十分前には必ず退室してくれる。遊び方も上品で、ソファに座って猫たちをぼんやりと眺めているか、膝に乗ってきた子の背中をゆっくり撫でているだけ。騒がず、はしゃがず、悪させず。店員への態度も丁寧な優良客だ。


今日も彼はいつものように『ふれあいルーム』に入り、生成り地のソファに腰を下ろした。さっそく彼の膝に飛び乗ったメス猫のマロンちゃんを大きな手で撫でている。

マロンは彼のことがお気に入りらしく、膝から動く気配がない。そのうちうっとりと目を細め、ゴロゴロと喉を鳴らし始めた。これはかなりリラックスしているときの仕草《しぐさ》だ。

——それに引き換え……。

穂高さんのほうはかなりお疲れの様子だ。ソファにぐったりと背中を預けて目を閉じている。マロンを撫でているのも無意識なのかもしれない。

日増しに目の下の隈が濃くなっているようだけど、家ではちゃんと寝ているのだろうか。

——仕事が忙しいのかな。

彼がどんな職業なのかは知らないけれど、いつもスーツを着ていることや物腰の柔らかさから、外回りの営業なのではないかと勝手に思っている。

じつを言うと、私は前の職場を二ヶ月前に辞めたばかり。

そのあと瑠衣子さんから誘われてこの店で働き始めたのだが、幸いにも大学時代にバイトで来ていたから業務には慣れていたし、スタッフもいい人ばかりですぐに打ち解けることができた。

今はここで猫と過ごす時間が楽しいし、あのとき転職して本当によかったと思っている。

それでも当時は辛《つら》くて悲しくて真剣に思い悩んでいたから、職種は違えど働く大変さは理解できる。

だから私はいつも疲れた様子の彼のことが気になって気になって……。

——穂高さんも、少しでも猫ちゃんたち《うちの子》で癒《い》やされてくれたらいいな。

なんて勝手に考えてしまうのだ。

けれど私はそんなふうにただ心配していただけで、それ以上のことなど望んでなくて。

単純に客と店員として彼と接していられればいいと思っていたのだ。このときまでは。

一週間後の金曜日は粉雪が散らついていて、一日を通して客が少なめだった。瑠衣子さんは三階の自宅で仔猫のお世話中だが、この様子なら今日も彼女を呼ぶ必要はないだろう。

「ショコラ、今日は穂高さんが来なかったね」

あと五分で受付終了時間の午後七時半だ。最後の客はとっくに帰ってしまい、お店には私と猫ちゃんたちだけ。もう誰も来ないだろうし、片付けを始めてしまってもいいかもしれない。

私はカウンターを出ると、カフェスペースのテーブル拭きを開始した。続いて椅子《いす》をテーブルに上げたそのとき、ピンポーンとチャイムが鳴ってコート姿の男性が飛び込んでくる。

――あっ！

「穂高さん！」

「あの、まだ大丈夫ですか⁉　……って、あっ」

穂高さんは自動ドアの内側で足を止めると、テーブルに上がった椅子と立てかけられた箒《ほうき》を目にして声を途切れさせた。二人で同時に壁掛け時計を見上げると、時刻はすでに午後七時三十一分になっている。

「すみませんでした、それじゃあ、また」

くるりと背中を向けた彼を、私は慌てて呼び止める。

「待ってください！　大丈夫です、まだ閉店まで時間がありますから！」

たった一分とはいえ受付終了時間を過ぎている。本来ならこれはルール違反だ。

――けれど……。

外はまだ雪が降っているのだろう。彼の柔らかそうな黒髪と、カシミヤと見られる高級そうなチェスターコートの肩口が雪の名残でキラキラと光っている。こんな日にも足を運んでくれたことが嬉しかったたし、このまま帰すのは嫌だと思った。

「残り三十分だけでも、よかったらゆっくりしていってください」

私がレジカウンターに入ると、穂高さんは申し訳なさそうにしつつも会員カードを財布から取り出す。「だったらせめて」と一時間分の料金を支払おうとする彼を制し、三十分コースの料金をいただく。

「猫ちゃんたちが待ってますよ」

そう告げると、彼は「ありがとう」と満面の笑みを浮かべて『ふれあいルーム』に入っていった。

私はそれを見届けてからカフェスペースの掃除を再開する。彼はいつもカフェを利用しないので、こちらだけ片付けてしまっても大丈夫だろうと判断した。

「……あっ」

十分ほどで掃除を終えて『ふれあいルーム』に戻ると、なんと穂高さんはソファに座ったたままで熟睡している。

——やっぱり疲れてるんだ。

私は裏のスタッフルームから仮眠用のブランケットを取ってきて、彼の身体にそっとかぶせた。それから静かにその場を離れ、カウンターでレジ締めを始める。

午後八時になるのを待って猫ちゃんたちを奥の部屋のケージに戻し、『ふれあいルーム』の掃除を済ませて作業終了。エプロンを外して窓際のベンチに腰掛けた途端、待ってましたとばかりにショコラが膝に飛び乗ってきた。すぐに身体をすり寄せて甘えてくる。

「ミャーオ」

「シーッ、静かにして」

人差し指を立てて囁《ささや》いたところで、ソファのほうで人が身じろぐ気配がする。見れば穂高さんが背もたれから頭を起こしたところだった。

寝ぼけまなこの彼が片手で顔を一撫でする。目を開けて、私とバッチリ視線が合ったところで「えっ⁉」と声を発して弾《はじ》かれたように立ち上がった。

壁の時計を見上げて午後八時四十分になっているのを確認すると、驚愕《きょうがく》の表情を浮かべてこちらに駆け寄ってくる。

「申し訳ありませんでした！」

目の前で深々と頭を下げられて、私も慌ててショコラを抱いて立ち上がる。

「いえ、私が勝手に起こさずにいただけですから」

「ですがもう閉店時間を過ぎてしまっている。いくら疲れていたとはいえ、こんな……」

穂高さんが悔しげに顔をしかめ、「くそっ、大失態だ」と呟《つぶや》いた。

いつもの上品な顔が崩れ、まるで拗《す》ねている少年みたいだ。それがなんだかおかしくて親近感が湧いてしまう。

「ふふっ、本当に大丈夫ですよ、少しは休めましたか？」

「おかげさまで……。本当にすみません、ここのところずっと仕事が忙しかったものだから」

――ああ、やっぱり。

「あの、少しお時間ありますか？」

「えっ？」

「もしよろしければ、ミルクたっぷりのカフェオレでもいかがですか？　あっ、それともブラックコーヒーのほうが……」

「いえ、あなたが淹《い》れてくれるなら何でも！」

間髪《かんはつ》をいれずに答えが返ってくる。

「ごめんなさい、ここにはコーヒーメーカーがなくて……私が淹れるんじゃなくて自販機のドリンクなんですが、いいでしょうか」

肩をすくめて答えると、穂高さんがハッとした表情で「こちらこそ図々しいことを……あっ、だったら私が奢《おご》ります」とドアに向かって歩きだす。

「ふふっ、うちの自販機は無料に設定してあるので大丈夫ですよ」

途端に彼が足を止め、気まずげにこちらを振り返る。

「今日の俺、格好悪すぎだな……って、駄目《だめ》だ、今度は『俺』とか言ってるし」

またしても『やってしまった』という顔で額に手を当てため息をつく。

「普段は『俺』なんですか？　だったらそれでいいと思いますけど」

今は仕事中じゃないのだし、ここでは何も気にせずリラックスしてほしい。そう伝えると、穂高さんは観念したように苦笑する。

「だったら『俺』で。……あなたの名前は？　どういう字を書くんですか？」

逆に私に問いかけた。

「えっ、私ですか!?　私は木南茉白《きなみましろ》といいます。樹木の『木』に『南《みなみ》』。『茉《ま》』は『茉莉花《まつりか》』からきていて、ジャスミンの花の意味なんです。母がジャスミンの花言葉を気に入ったらしくて……あっ、『白』は『白色』の白です」

「木南、茉白……『茉白さん』と呼んでもいいですか？」

――茉白さん!?

不意打ちで名前を呼ばれて心臓がトクンと音を立てる。

男性に下の名前で呼ばれるなんて久しぶりだ。しかもそんなのは亡くなった父親か親戚くらいなものじゃなかっただろうか。

「は、はい。どうぞ、ご自由に」

少し照れくさいけれど断る理由もない。顔を熱くしながら頷《うなず》くと、穂高さんが「ふっ」と目を細める。

「それじゃあ自由に呼ばせてもらいますね、茉白さん」

そう言って、カフェスペースへと続くドアを開けた。


「――穂高さんのお仕事って、かなりお忙しいんですか?」

自販機の前のテーブルでショコラを挟んで座り、カフェオレを飲みながら以前から気になっていたことを聞いてみる。

「ここには仕事終わりに来てくださってるんですよね? いつも疲れていらっしゃるみたいだから……」

初めて来店したときから顔色が悪いのが気になっていたこと、来るたびに目の下の隈が酷《ひど》くなっていくのを心配していたのだと思い切って告げてみた。

「あ〜、そんなに顔に出てましたか。茉白さんにまで心配されるなんて、本当にダサすぎだな」

肩を落としてため息をつくのを見て、私は慌てて訂正する。

「違うんです！　たぶん他のスタッフは気づいてないと思います。私が勝手に穂高さんを見ていたというか、気にしていたというか」

「あなたが、俺のことを？」

——あっ！

これではまるで私が穂高さんのストーカーをしているみたいだ。気持ち悪いと思われたかもしれない。

私のせいで彼が店に来られなくなっては本末転倒。急いで言葉を付け足した。

「不躾《ぶしつけ》なことを聞いてすみません。でも、じつは私、二ケ月前に以前の職場を退職したばかりなんです。そのとき瑠衣子さんと猫ちゃんたちに救われたから、穂高さんもここでリラックスできていたらいいなって」

「瑠衣子さん、とは？」

首を傾《かし》げる彼に、瑠衣子さんはこのお店のオーナーで自分の叔母なのだと告げる。

「私、大学二年のときに事故で両親を亡くしていて。そのときしばらくのあいだですが、母の妹にあたる叔母の家でお世話になっていたんです」

当時私は大学近くのアパートで一人暮らしをしていたのだが、突然両親を失い茫然《ぼうぜん》自失になっていたのを見かねたのだろう、瑠衣子さんが夫と住んでいるマンションに来るよう言ってくれたのだ。

「夫婦二人のところにずっとお邪魔しているのは申し訳なかったし、大学からも距離があったので半年ほどで自分のアパートに戻ったんですが。あのときお店を手伝って猫ちゃんたちと過ごすことでとても癒やされたし、精神的にも落ち着くことができたんです」

「そうか……若いのに苦労されたんだね」

穂高さんが「悲しいことを思い出させてしまったね」と表情を曇らせた。だけど私は彼を困らせたいわけでも同情を誘いたかったわけでもなくて。

――励まそうと思ったのに逆に気を使わせてしまったかも。

なので空気を変えるべく、ことさら明るく話しかけた。

「あっ、その頃にショコラもここに来たんですよ。ねっ、ショコラ」

名前を呼ばれたショコラが「何か用かニャ？」とでも言うようにこちらを見上げてミャーオと鳴いた。私はショコラの背中を撫でながら話を続ける。

今いるショコラは二代目で、私が瑠衣子さんの家に居候した直後に引き取られてきた。

『茉白、あなたがショコラのママね』と言われ、大学に行く前と帰ってからはスポイトでミルクを与えたり排泄の世話などを私が担当していた。

今考えてみれば、瑠衣子さんはどうにかして私に生きる張り合いを持たせようとしてくれていたのだろう。実際、小さな命を守るために必死になっていたら悲しいことを忘れられたし、兄弟ができたみたいで寂しさも和らいだ。

「だからショコラは私の弟みたいな存在で。とは言っても猫の四歳は人間だと三十二歳なので、この子のほうが年上なんですけど」

ふふっと笑いながら私がショコラを抱き上げると、穂高さんも「ハハッ、おまえは俺よりオジサンか」と笑いながらショコラの頭を撫でた。

「穂高さんはおいくつですか？　私は二十四歳です」

「二十四……若いとは思っていましたが、俺とは七歳差ですね」

——ということは、三十一歳⁉

「私、穂高さんは二十七、八歳くらいだと思ってました」

「オジサンで申し訳ない」

「いえ、若く見えるって言いたかっただけで、オジサンだなんて！」

実際彼は若々しいし、『オジサン』というより『素敵《すてき》なお兄さん』という印象だ。

あたふたしながら弁明したら、穂高さんが「ちょっといい？」と私の腕からショコラを奪う。

「おいショコラ、君のお姉さんは優しいな」

脇からショコラを抱き上げて、顔を近づけくしゃっと笑う。その姿がサマになりすぎていて、まるで映画の一場面か何かのコマーシャルを見ているみたいだ。あまりの見目麗しさに視線が囚《とら》われてしまう。

――それに、猫が相手だとそんなふうに話しかけるんだ。

「あ、あのっ、私は年下ですし、敬語じゃなくても構いませんよ」

ついそんな言葉を口にしてしまう。

「……それじゃあ、そうさせてもらおうかな。茉白さん、ありがとう」

満面の笑みを向けられて、またもや胸がトクンと鳴った。

――嫌だ、私、今、ショコラを羨《うらや》ましいと思った⁉

どうしてそんな……とふるりと首を振ってから、私は無理やり話題を変える。

「あのっ、このお店はただの猫カフェじゃなくて、保護猫と里親を繋《つな》ぐ場でもあるんですよ」

本来ならショコラもお店の子になるはずだったのだが、瑠衣子さんが私のために家で飼うことにしてくれた。

「お店ではないけど私はショコラと出会えてよかったし、お客様にもここで素敵な出会いがあればいいなって思ってます。穂高さんも猫が好きなら飼われてみたらいかがですか？　あっ、押し売りするわけじゃないですからね！」

早口で捲《まく》し立てると穂高さんが静かに頷いてくれる。

「わかってる。君がここにいる猫たちを大切に思っているのは見ていて伝わってくるから。でも、残念ながら俺は忙しくて不在がちだし、動物の世話の仕方も知らないんだ」

「ペットを飼ったことはないんですか？」

「ないね。飼いたかったけれど、親が許してくれなかった」

――穂高さんは厳しいご家庭で育ったのかな。

詳しく聞いていいものかと躊躇《ちゅうちょ》していると、彼もその気配を感じ取ったらしい。自ら自分のことを語ってくれた。

「『HODAKA Furniture 銀座《ぎんざ》』って知ってる？」

「はい、高級家具のお店ですよね。銀座に大きな看板があるし、テレビのコマーシャルでも見たことが……あっ、『穂高』！」

「そう、俺はその会社の跡継ぎで、今は専務をしている」

「跡継ぎで専務!?」

私が思わず大声をあげると、ショコラがビクッと頭を起こし、穂高さんの膝から飛び下りた。

開け放してあるドアから『ふれあいルーム』に入っていく。

――それにしても、穂高さんがあの『HODAKA Furniture 銀座』の専務で御曹司だったなんて！

彼は穂高家の一人息子で後継者。いずれは社長になることが決まっているのだという。

勝手に会社員だろうと思っていたが、外回りの営業どころか経営者側だった。

「社長である父が昨年の暮れに心臓のバイパス手術を受けて、今は自宅療養中なんだ」

そのため穂高さんが社長代行を任されているのだそうだ。

今は渋谷に新しいショールームをひらくための準備中で、彼が陣頭指揮をとっているらしい。

「連日店舗に詰めて打ち合わせや内装のチェックをしていて」

疲労困憊《こんぱい》していた帰り道、たまたまこのお店を見かけてふらりと入ったのだという。

「さっきも言ったけど、家ではペットを飼わせてもらえなかったから、動物との暮らしに憧れていて」

今はマンションに一人暮らしで出張も多いためペットを飼うことができない。ここで猫をもふもふしていたら癒やされて、気づけば通い詰めていたのだそうだ。

――ああ、だからこのお店に……。

三十一歳で専務というだけでもすごいのに、社長代行ともなればその重圧は私には計り知れない。彼がお疲れなのも当然だ。

しかも昨年の十二月といえば、ちょうど私が転職した頃と重なる。

さんざん悩んだ末に仕事を辞めて、これからどうしようかとアパートで考えていたところに瑠衣子さんから誘われた。

——私は嫌なことから逃げたけれど、穂高さんは今も責任から逃げずに頑張ってるんだな。

「……そうだったんですね。ここが穂高さんにとって少しでも癒やしになればいいんですけど」

「癒やされているよ、とても」

「それならよかったです。お気に入りはどの子ですか？」

「……茉白さん、あなたです」

——えっ!?

「君が猫ちゃんたちに向ける笑顔に……いつも、ずっと癒やされていた」

冗談か聞き間違えかと目をぱちくりさせている間《ま》に彼が言葉を続ける。

「最初は本当に単純に、仕事を忘れてリラックスしたいだけだった。けれどそのうち猫に優しく接するあなたの姿に惹《ひ》かれていって……茉白さん、恋人は？」

「いませんが……」

「だったら俺と付き合ってくれませんか？」

彼が身体を乗り出して、私のすぐ隣に座り直す。

「そっ、そんな、穂高さんみたいな立派な人と私が付き合うなんて！」

たしかに穂高さんのことを素敵だとは思っていた。思っていても、憧れと交際は別物だ。有名な『HODAKA Furniture 銀座』のトップと私では世界が違いすぎる。

「私なんかが釣《つ》り合うとは思えないです。それに私は……」

「俺は立派じゃないし、肩書きなんて関係ない！」

最後まで言い終えないうちに膝の上で手を握られる。

「嫌っ！」

思わず激しく振り払ってしまい、彼が驚愕の表情を浮かべるのが見えた。

――あっ！

「私、ごめんなさい……」

「……怖がらせてすまなかった」

気まずい沈黙のあとで、穂高さんが空の紙カップを片手に腰を浮かせる。

だけど、違う、そうじゃない。悪いのは穂高さんじゃなくて……。

「待ってください！」

大声で呼び止めると彼が動きを止める。

「穂高さんが謝る必要なんてないんです！　問題は私のほうで……」

――そう、これは私の心の問題で。

「どうか話を聞いてくれませんか？」

勇気を出して見上げると、彼は黙って頷いてくれた。カップを持ってわざわざ一つ向こうの椅子に座り直し、テーブルの上で指を組む。それから私のほうに半身を向けて聞く体勢を整えた。

「私……男性に触れられるのが怖いんです」


私は大学を卒業したあと都内の百貨店に就職し、インフォメーションスタッフとして一階のカウンターに立っていた。

しかし昨年の十月頃にカウンターで対応した小幡《おばた》さんという三十代の男性客にデートに誘われ、やんわりと断ったものの付き纏《まと》われるようになってしまう。

しょっちゅうカウンターに来ては親が輸入車販売店の社長だのお金があるだのと自慢していく。どれだけ断ってもしつこく食事に誘ってくるし、高級そうなプレゼントを渡してくる。そのたびに制服の胸元に向けられる舐《な》めるような視線が怖かった。

このままでは業務に支障が出るからと上司に相談してみたものの、逆に『お客様に粗相のないように』と嗜《たしな》められてしまった。彼の親がお店の上得意客だったからだ。

営業のほうからも『機嫌を損ねるな』と言われ、挙げ句の果てには上司命令で休日に小幡さんの実家である社長宅まで外商と同行させられてしまう。

これ幸いと高級時計やカバンを売りつける外商担当にもうんざりしたが、それに加担している自分も嫌だった。

どうやらそれはお見合いを兼ねていたらしい……というか、小幡社長にバツイチの息子の再婚相手として品定めされていたらしい。上司を通じて彼との交際を薦められ、辞退したところ『空気が読めていない』と叱責《しっせき》された。

風当たりの強くなる職場は居心地が悪く、日に日にストレスが溜まっていく。それでもせっかく就いた仕事だからとどうにか耐えていたのだが……あるとき決定的な事件が起きた。

退店時間に裏口で小幡さんに待ち伏せされたのだ。

『すみませんが、小幡さんとはお付き合いできません』

頭を下げて立ち去ろうとしたところを後ろから抱きつかれ首筋にキスされてしまった。必死で振りほどいて逃げたものの恐ろしくなり、翌日には退職届を提出して百貨店を辞めたのだ。

日常生活に大きな支障はないものの、あのとき後ろから胸を揉《も》まれたことと首筋に押し当てられた分厚い唇の感触を思い出すと、今でも鳥肌が立ってしまう。

「――昔からそうなんです。私は童顔なので年齢よりも若く見られがちで、そういう嗜好《しこう》の男性に好かれる傾向があって……」

ようは幼い顔のくせに胸だけはしっかりEカップあるものだから、『ロリ顔』好みの男性を引き寄せてしまうのだ。それもあって今まで男性との交際も避《さ》けてきた。

――恥ずかしくてこんなことまでは口にできないけれど。

「なので、穂高さんは何も悪くありません。私のほうこそ大袈裟《おおげさ》な反応をしてしまってすみませんでした」

頭をペコリと下げてから穂高さんを見ると、その顔がやけに強張《こわば》っている。

「……なんだ、それ。ストーカー男もクソだが百貨店のヤツらも揃《そろ》いも揃ってクソだらけじゃないか。そんなところは辞めて正解だ」

低い声には凄《すご》みがあって、彼が私のために怒ってくれているのがわかった。

「ご両親を亡くされて苦労したうえにそんなことまで……今までよく頑張ったね」

優しい言葉に涙腺が緩む。嫌なことがあっても相談できる両親はもうおらず、叔母の瑠衣子さんにも詳しい退職理由は伝えていない。いつも私を気遣ってくれる彼女にこれ以上心配をかけたくなかったのだ。

けれど穂高さんに打ち明けて私の代わりに怒ってもらえて、ようやく心がスッキリしたような気がした。

あのときはとても怖かったし味方もいなくて辛かったけれど、あのことがあったから今ここで楽しく働くことができている。

——そして穂高さんとも出会うことができた。

「穂高さん、ありがとうございます」

けれども彼は首をゆっくりと横に振った。

「俺も最低だ。辛い思いをした君が、ようやくここで安心して過ごせていたというのに……また怖い思いをさせてしまった」

唇を噛《か》んで項垂《うなだ》れて、再び私に頭を下げる。

「本当にすみませんでした。それこそ俺に急に告白なんかされて怖かったでしょう」

「いえ、穂高さんは全然違います！　それにこれは、私の問題で……」

慌てて顔の前で手を振るも、彼の表情は硬いままだ。

「知らなかったとはいえ、君から大切な場所を奪うところだった。二度とこの店には来ないから安心してほしい」

テーブルに両手をつくと、ガタッと椅子を鳴らして立ち上がる。

——えっ！

今度こそ立ち去る気配を見せられて、私は思わず身体を乗り出した。

「待って！」

気づけば彼のワイシャツの袖を掴《つか》んで引き止めていた。

だって彼は二度とこの店に来ないつもりでいる。このまま行かせてしまったらもう会うことができない。

そう思ったら咄嗟《とっさ》に手が伸びてしまったのだ。

「行かないで！」

穂高さんが私の手元をじっと見る。

「……茉白さんは、俺にここにいてほしいの？」

「はい、行かないでください」

「どうして？」

「えっ？」

彼が袖から視線を上げて、真剣な眼差《まなざ》しで私の顔を見つめてきた。

「男性に触れられるのが怖いのに、どうして今日、俺をお茶に誘ったの？　どうして今、俺を引き止めてるの？」

――あっ！

穂高さんの言うとおりだ。私の行動はあまりにも矛盾しすぎている。

――だって穂高さんは違うから。

猫ちゃんたちに優しくて、店員にも頭が低くて丁寧で。

いつも穏やかで紳士的で、私の胸をジロジロ見たりもしない。だから躊躇なく声をかけることができた。

並んで座っても自ら椅子一つ分の距離を空けてくれて、年下の私にさえも敬語を使ってくれるような人で。

それに私の話を黙って聞いてくれたし心から怒ってくれたことが嬉しくて……。

――ううん、違う。

こんなの全部、言い訳だ。

何がただの憧れと興味本位だ、お客様と店員以上の関係を望んでいないだ。

――そんなの全部、嘘《うそ》ばかり。

「私は……私だって……」

「私だって？」

「……恋を、したいと思っているんです」

そうだ、私だって恋愛をしてみたい。好きになって好きになってもらって。心から信頼できる相手と物語みたいな恋がしたい。

――そして、叶《かな》うならその相手は……。

「私、ずっと穂高さんに憧れていました。優しくて素敵な人だなって。だから告白されて嬉しかったんです。でも、こんな私じゃ……」

「こんなんて言わないでほしい。君は真面目で可愛《かわい》くて……その、とても魅力的だ」

「魅力的だなんて」

「魅力的だよ。君に会いたいがために、毎週通い詰めてしまうほど」

袖を掴んだままの私の手を握ろうとして、穂高さんが「あっ、ごめん」と手を引っ込める。

私も「あっ！」と慌てて彼の袖から手を離した。

お互い真っ赤な顔でもじもじしていると、下から「ニャーオ」と声がする。いつ戻ってきたのかショコラが足元からこちらを見上げていた。二人のあいだの椅子にピョンと飛び乗ってきたところで私が慌てて抱き上げる。

「ショコラ、ごめんね。もう帰る時間だもんね」

いつもは瑠衣子さんと一緒に帰っていくのだが、今日は私がマンションの部屋まで送り届けることになっていた。

「ふっ、ショコラが俺のライバルになるのかな。コイツはなかなか手強《てごわ》そうだ。俺も頑張らないと」

「ふふっ、ショコラがライバルって」

「これからも通います。あなたが振り向いてくれるまで」

返事は急がない、今日はまず気持ちを知ってもらえただけで満足だ……と熱い言葉を投げられる。

「でも、ゆっくりでいいから俺のことを考えてみてくれないかな。できれば前向きに」

どう答えればいいのかわからず黙り込むと、彼が「遅くなってしまったね。アパートまで送らせてほしい」と紙カップをゴミ箱に捨ててから椅子をテーブルに上げた。

「いえ、そんなご迷惑をかけるわけには！　まだ電車があるし大丈夫ですから」

右手をブンブン振って恐縮すると、彼にムッとした表情をされてしまう。

「迷惑だなんてとんでもない。俺がそうさせてほしいんだ。若い女性、しかも好きな相手をこんな時間に一人で帰らせたくないに決まってるだろう？」

そこまで言い切られてしまっては断りにくい。それに、じつを言えば私ももう少し穂高さんとお喋《しゃべ》りしたい気持ちがあって。

「……表《おもて》で待っていてもらえますか？　今、この子を瑠衣子さんのところに送ってくるので」

「瑠衣子さんのところって？」

そのときピンポーンとチャイムが鳴って自動ドアがひらく。

入って来たのは瑠衣子さんだ。どうやら帰りが遅いことを心配して様子を見に来てくれたらしい。

彼女は血相を変えるカフェスペースで向かい合って立っている私と穂高さんを見て足を止めた。

「茉白、大丈夫⁉」

彼女は血相を変えると、二人のあいだに割り込んでくる。私を背にして穂高さんに向き合うと、「うちの子に何かご用でしたか?」と険のある口調で問いかけた。

――あっ、勘違いしてる!

瑠衣子さんには退職時の詳しい経緯や小幡さんに抱きつかれたことまでは話していないものの、上司ぐるみでしつこく交際を迫られて居辛くなったとだけ伝えてあった。

今回も男性客に絡まれているように見えたのかもしれない。

「瑠衣子さん、違うの! 私が穂高さんを呼び止めて……」

「ご心配をおかけして申し訳ありません! 閉店間際にお邪魔して、茉白さんを引き留めてしまいました。私はこういうもので……」

私の言葉を遮《さえぎ》った穂高さんが何かを探すようにシャツの胸元を探る。

「あっ、少し待ってください」

今度は急いでロッカーに駆けていくと、中から上着を取り出した。それを羽織って小走りで戻ってくる。

「失礼いたしました、私、穂高渉と申します」

内ポケットから名刺入れを取り出しカードを一枚引き抜く。瑠衣子さんに差し出した名刺には、彼の名前と共に【HODAKAコーポレーション　専務取締役】という会社名と役職が書かれていた。

どうやら『HODAKA Furniture 銀座』というのは彼の会社が経営しているいくつかの業態の一つにすぎないらしい。

「ですから決して怪しいものではなくて……」

「お名前は存じていますよ、穂高さん。いつもご利用いただきありがとうございます」

瑠衣子さんが慇懃《いんぎん》無礼《ぶれい》に頭を下げる。

そうだ、お店のオーナーでカウンターにも立っている彼女が穂高さんの顔と名前を知らないわけがないのだ。

「それで？　閉店間際にご利用いただいて、どうしてこんな時間まで？」

なおも不審げにしている様子にどう説明すればいいかと迷っていたら、私よりも先に穂高さんが口をひらいた。

「申し訳ありません。じつは……茉白さんに交際を申し込ませていただきました」

——ええっ！

「ちょっ、穂高さん！　嘘っ！」

いや、本当のことだけど、まさかここで正直に言う⁉

驚きの声をあげた私を瑠衣子さんが振り返る。

「茉白、穂高さんが言ってることは嘘なの？　本当なの？」

「えっ、その……本当、です」

「嘘っ、本当に⁉」

今度は瑠衣子さんが驚きに目を見開く。

「それであなたはオーケーしたの？」

「ううん、それはまだ……」

「まだって、茉白的にはアリなの？　ナシなの？」

さっきまでの警戒心はどこへやら、やけに前のめりで聞いてくる。

「えっ、アリというか、なんというか……」

モニョモニョと口ごもる私に彼女は「うんうん」と頷いてみせる。

「わかった、要はアリ寄りのアリなのね⁉」

私の腕からショコラを奪い取るやいなや、くるりと穂高さんに向き直った。

「ごめんなさい、私がお邪魔虫だったわね、それじゃ、ごゆっくり！」

早口で告げて自動ドアへと足を向ける。彼女の背中に穂高さんが慌てて声をかけた。

「あのっ、茉白さんからはまだ返事をいただいていませんが、彼女と真剣に交際させていただきたいと……そうなれたらいいと思っています」

瑠衣子さんが足を止め、こちらをゆっくり振り返る。彼女に向かって穂高さんが言葉を続けた。

「茉白さんから、あなたが母親代わりだと聞いています。彼女をタクシーで送らせていただきたいのですが、許可をいただけますでしょうか」

「茉白がそんなことまで話して……」

瑠衣子さんは今度は私に視線を向ける。

「茉白、あなたはそれでいいの？」

「はい」

私が頷くのを見届けて、ようやく彼女が表情を緩めた。

「まぁ、常連さんで身元がしっかりしていますし、こうして名刺もいただいている以上は悪さもしないでしょう」

最後に「穂高さん、信用してますからね」と言い残し、ショコラと共に出て行った。

残された私たちは気まずげに見つめ合う。

「……それじゃあ、タクシーを呼ぶよ」

タクシーチケットがあるらしく、穂高さんが慣れた手つきでスマホのアプリを操作する。

「あっ、ロッカーからバッグとコートを取ってきます！」

私がエプロンを外し、奥のスタッフルームから荷物を取ってくると、同じくロッカーからブリーフケースとコートを出してきた穂高さんと並んで外に出た。

午後十時前の道路はうっすらと雪が積もっていて、通りを行き交う人々の足取りもゆっくりだ。穂高さんと私も転ばないよう慎重に足を進めてガードレール脇で待機した。

「茉白さんのアパートは？」

「渋谷区の西原《にしはら》です。幡ケ谷駅《はたがや》が最寄り駅で」

大学生の頃から私が住んでいるのは築四十年のコーポ型アパートだ。六帖の洋間と七帖のダイニングキッチンからなる1DK。

渋谷区と言っても最北端でほぼ中野区《なかの》みたいなものなので、渋谷駅までは乗り換えありで二十五分かかる。渋谷駅からこの店までは徒歩七分ほどだ。

「幡ケ谷……ここから車で十五分くらいか。あっという間に着いてしまうな」

残念そうに呟かれ、またもや胸がギュンとなる。

——そうか、車だとたった十五分なんだ。

「あの、穂高さんのお住まいは？」

「俺は恵比寿《えびす》」

「えっ！　恵比寿ですか⁉」

さすが大企業の御曹司、私と違ってオシャレで高級な場所に住んでいる。

——って、違う、それよりも……！

「私のアパートとは思い切り反対側じゃないですか！」

恵比寿は渋谷区の最南端。中心部にあるこの店から出発すると、わざわざ北端まで上ってから南端まで下ることになる。遠回りにも程がある。

「そんなの申し訳ないです。やっぱり電車で帰ります」

「絶対に嫌だ」

間髪をいれずに拒否された。

「嫌って、そんな駄々っ子みたいな……」

「俺がそうしたいんだ。申し訳ないと思うなら黙って送られてほしい」

真剣な眼差しが『絶対に譲らない』と告げていて、私は渋々頷いた。

「わかりました。じゃあ、幡ヶ谷駅で降ろしてください。そこから徒歩で帰れるので」

最寄り駅から私のアパートまで徒歩六分。ほんの数分だけでも彼の時間を節約したい。けれどそれさえ穂高さんは受け入れなかった。

「いや、ちゃんとアパートまで送らせてほしい。君に何かあったら瑠衣子さんに申し訳が立たないし俺自身が許せない」

——どこまでも真面目で誠実な人なんだな。

「……ありがとうございます。それじゃあ、よろしくお願いします」

「うん、俺のわがままを聞いてくれてありがとう」

満面の笑みを向けられて、ますます心音が大きくなってしまう。

吐《は》く息が白いのも忘れて顔を熱くしていると、濃紺のタクシーが目の前に停まった。

二人で後部座席に座ってシートベルトを装着する。穂高さんがやけにぴったりと窓際に寄っているのを見て気がついた。彼は少しでも私から間隔をあけようとしてくれているのだ。

——そうか、私があんな話をしたから……。

彼の気遣いに心がほんわかと温かくなる。

真摯《しんし》に話を聞いてくれたことも嬉しいし、こんな私に付き合おうと言ってくれたこともありがたいと思う。

車内ではお互い静かに窓の外を眺めていたが、なんだかとても満たされていて、沈黙もまったく苦ではなかった。

タクシーがアパート前の駐車場に停まる。私が車を降りて見送ろうとすると、なんと穂高さんまで降りてきた。

「ちゃんと部屋まで送らせて」

タクシーを待たせて一緒に外階段を上がる。二階の一番奥が私の部屋だ。ドアの前で見つめ合う。

「連絡先の交換をしてもらえるかな」

「はい」

迷うことなく頷くと、バッグからスマホを取り出し電話番号を教え合った。

「本当はすぐにでもデートに誘いたいけれど、しばらくは時間がなくて。でも、また金曜日に会いに行く。絶対に」

——そうか、来週の金曜日まで会えないんだ……。

どうしよう、すでに離れがたいと思ってしまっている。

「茉白さんは、男性と握手するのも怖い？」

「急じゃなければ……それに、穂高さんなら大丈夫な気がします」

「それじゃあ、今日は小指だけ試してみる？」

彼が長くて綺麗《きれい》な小指を差し出した。恐る恐る小指の先をくっつける。触れた部分が異様に熱く、ビリッと電気が流れ込んでくるみたいだ。慌てて右手を引っ込めた。

「やっぱり怖い？」

違う、怖くなんかない。自分の心臓の音の大きさに驚いただけ。今もドラムみたいにドッ、ドッと響いている。

私は勢いよく首を横に振って否定すると、「もう一度、いいですか？」と聞いてみた。

「もちろん」

彼が再び小指を差し出す。そこに今度はゆっくりと小指を絡めてみた。彼も小指を曲げて互いの指が結ばれると、まるで指切りげんまんしているみたい。

とうとう全身が心臓になった。頭のてっぺんからつま先までが感動で震える。単純に『ああ、嬉しいな』と思えた。

「どう？　平気そう？」

「……はい」

「そうか、よかった」

ふわりと微笑《ほほえ》まれた瞬間に、ぎゅっと心臓が鷲掴《わしづか》みにされた。気づけば勝手に言葉がこぼれ出ていて。

「……付き合います」

「えっ？」

「私、穂高さんとお付き合いしたいです。私もずっと前から穂高さんのこと……」

彼が一歩前に進み出て、すぐに「あっ！」と元の位置まで下がると、頭の後ろを掻《か》いて苦笑した。

「ごめん……嬉しいあまり抱きつきそうになった。俺が暴走しそうになったら遠慮なく止めてほしい。平手打ちをしたっていいから」

「ふふっ、平手打ちって」

「せっかく恋人になれたのに嫌われたくないんだ」

「恋人……」

「えっ、俺たちは付き合うってことで、いいんだよね？」

不安げな表情を浮かべられ、私は慌てて頷いた。

「い、いいです！　恋人です！」

コクコクと首を縦に振っている私を見つめ、穂高さんが目を細める。

「嬉しいよ、本当に。これからは茉白って呼んでもいい？」

「……はい」

「ありがとう、茉白。帰ったらすぐに連絡する」

雪にもかかわらず軽やかな足取りで階段を下りて、タクシーのドアの手前でこちらを振り仰ぐ。外廊下の手すりから見下ろしている私に気がつくと、笑顔で手を振ってから車内に身体を滑り込ませた。バタンとタクシーの自動ドアが閉まる。

「私が……穂高さんの恋人」

言葉にしてみたらじわじわと実感が湧いてきた。心がぽかぽかと温かく、今が真冬ということさえ忘れてしまう。

私は手すりギリギリまで身を乗り出すと、タクシーが角を曲がり終えるその瞬間まで、遠ざかるテイルランプをずっと見送っていた。

2、癒やしの天使　Ｓｉｄｅ渉

【穂高《ほだか》です。今マンションに着きました】

マンションのエントランスでタクシーを降りて早々、俺はついさっき交換したばかりの茉白《ましろ》の番号にメッセージを送る。

ほどなくして既読のサインがついて、彼女から返事がきた。

【今日は送っていただきありがとうございました。無事に帰宅されたようで安心しました】

「これは……うん、嬉《うれ》しいな」

胸の奥がくすぐったいような、なんだかソワソワするような。なんの変哲もない短い文章にさえも感動している自分がいる。

俺はスマホの画面を見つめたままコートのポケットからＩＣカードを取り出しセンサーにかざす。すぐにピッと電子音が鳴ってエントランスのドアが解錠された。

大理石のフロアを横切る途中、カウンターのコンシェルジュが「お帰りなさいませ」と恭《うやうや》しく頭を下げる。俺は「ご苦労さまです」と軽く会釈を返して高層階専用のエレベーターに乗り込んだ。

地上二十三階、地下二階のタワーマンションの二十一階、２ＬＤＫの角部屋が俺の住んでいる部屋だ。

茉白のアパートから直接来れば車で二十分ほどの距離だが、今日は『ショコラ』から彼女のアパートに送って反対側の恵比寿《えびす》まで帰ってきたうえに、道路が凍結していてタクシーがスピードを落としていたため一時間近くかかってしまった。

それでもまったく苦ではないし、むしろ幸せな時間だったと思える。

スマホをコートのポケットに突っ込んで目線を上げると、エレベーターの大きなミラーにはやけに頬を緩めたニヤけ顔が映り込んでいる。

——うわっ、俺ってこんな表情《かお》をしていたのか。

茉白の前ではどうだっただろう。七歳も年下の女性に鼻の下を伸ばしたオジサンだと思われなかっただろうか。ただでさえうっかり居眠りしたところを見られてしまっている。だらしない男だと軽蔑されてしまったら……。

「いや、彼女はそんなふうに考えたりしない」

疲れた俺を気遣って、閉店後になってもそのまま寝かせておいてくれるような子だ。しかもブランケットまで掛けてくれていた。

思いやりがあって優しくて、俺にとっては癒《い》やしを与えてくれる天使みたいな存在で。

——だから俺は、彼女のことが……。

＊＊＊

『HODAKA Furniture 銀座《ぎんざ》』はワンランク上の高級感を売りにした輸入家具販売店だ。

元はその名のとおり銀座に路面店を一軒構えるだけだったものを、祖父から会社を引き継いだ父が徐々に規模を広げて大阪《おおさか》と名古屋《なごや》、博多《はかた》にも店舗を持つに至った。

今では『HODAKAコーポレーション』として株式上場しており、家具販売店のみならず家具の輸入代理業や不動産投資などにも事業を拡大して手広く商売をしている。

穂高《ほだか》家の長男として生まれた俺は、幼少時から跡継ぎとして厳しくも大切に育てられ、俺自身もそれを自然に受け入れてきた。

後継者になるべく様々な習い事をさせられても苦じゃなかったし、周囲から『神童』と呼ばれる程度には何でもソツなくこなすことができた。

大学を主席で卒業すると当然のように父の会社に就職し、銀座の店舗で下積みを経てから本社に入り、二十九歳になった年に専務となった。

その後は父の下で修業を重ね、とうとう昨年、専務となってから初となる、自分で立ち上げた新事業に着手して。

順風満帆、平穏無事で、『安定』という名の大船に乗った人生。

それがつい最近まで俺が歩んできた道だったのだが……いきなり予期せぬ問題が起こった。

なんと父が心筋梗塞で倒れたのだ。

緊急のバイパス手術が成功し一命を取り留めたものの、還暦過ぎの身体には負担が大きかったらしい。退院後もしばらくは自宅で療養することになり、そのあいだの社長代行を俺が任されることとなった。

——よし、俺が父さんの代わりに会社を盛り立ててみせる！

そう思ったものの現実は厳しくて。

『HODAKAコーポレーション』関連全社の統括に『HODAKA Furniture 銀座』四店舗の運営、そして俺自身が新しく手がけていた渋谷《しぶや》のショールームの開店準備。

役員たちとの意見の齟齬《そご》や社長代行としてのプレッシャーとすべてが一気に重なって、それまで大抵のことは難なくこなしてきたはずの俺が大きなストレスを抱えていた。

そんなときに見つけたのが『保護猫カフェ・ショコラ』だったのだ。

一月上旬の金曜日。日本橋《にほんばし》にある本社ビルで朝から慌ただしく会議や決裁を済ませた俺は、午後から渋谷の道玄坂《どうげんざか》にあるテナントビルに赴いて、一階に入る新店舗について改装業者と打ち合わせをしていた。

彼らに誘われ早めの夕食に付き合い、解散したのが午後七時頃。お酒はあまり好きではないが、勧められれば飲まないわけにいかなかった。

少し酔いを醒《さ》ましてからタクシーを呼ぼうと外に出たところで、隣のビルに掛かった看板が目についた。

「保護猫カフェ……ショコラ？」

俺は未だかつてペットを飼ったことがない。両親、特に母親が家に動物を入れることを嫌ったからだ。

小学校低学年のとき、学校帰りに仔猫《こねこ》を拾って家に連れ帰ったものの、母親に『私もお父さんも忙しくて面倒を見るのは無理。あなただって勉強があるのにペットに構っている時間はないはずよ』と言われてしまった。

父は仕事の関係で日本国内どころか海外も飛びまわっていたし、母も社長夫人としての付き合いやボランティア活動で忙しくしていた。

『それに、家具に動物の臭いや毛がつくのも困るのよ。家に来るお客様が猫アレルギーだったら困るでしょ?』

そう一刀両断されてしまえばどうしようもなくて、その日のうちに泣く泣く猫を元の場所に戻しに行った。

夕方のどんよりした空の下、ミャアミャアと細い鳴き声をあげながらつぶらな瞳で見上げてくる。そんな小さな命を捨て置くなんてできなくて、俺は雨が降り出してからも仔猫を抱いてその場にしゃがみ込み、いつしか眠ってしまっていた。

目が覚めたときには俺は自宅のベッドの上で。どうやらあれから発熱して二日間も寝込んでいたらしい。

元気になってから仔猫がいた場所を見に行ったが、その場にも周辺にもそれらしい姿は見当たらなかった。

とぼとぼと家に帰り、部屋のベッドで暖かい布団にくるまりながら、寒空の下、雨でびしょ濡《ぬ》れになっていたであろう仔猫の姿を思い浮かべた。

——いい人に拾ってもらえているといいな。それともあの子は捨て猫じゃなくて、本当は誰かの飼い猫で迷子になってただけだったりして。

そんなふうに自分を正当化しようとしても、仔猫をあの場で手放したことは紛れもない事実で。

以降あの場所で仔猫の姿を見かけることはなかったが、その後もずっと罪悪感が残っていた。あのときの仔猫はその後どうなったのだろう。無事に誰かに拾われていっただろうか、それとも保健所に連れられてしまったか……今でも思い出すたびに後悔と申し訳なさが込み上げてくる苦い記憶だ。

「――ここは保護猫がいるカフェ、ということなのかな」

――あのときの仔猫もこういう店にもらわれていたらいいんだが……。

なんとなく気になり二階へと続く幅広の階段を上がる。そのフロアには他にも店が入っていて、『保護猫カフェ・ショコラ』はエレベーターホールのちょうど向かい側にあった。店名の書かれた自動ドアから入った途端にピンポーンとチャイムが鳴り響く。

どうしたものかと思っていたら、カウンターの内側から「いらっしゃいませ」と鈴を転がすような声がした。

「ご利用は初めてですか？　当店は土足厳禁になっていますので、そちらでスリッパに履き替えていただいてもよろしいでしょうか」

それが木南《きなみ》茉白との出会いだった。

茉白の第一印象は、『ああ、可愛《かわい》らしい子だな』。

くりっとした大きな瞳とさくらんぼ色の小さい口元。肩までの艶《つや》やかな黒髪が肌の白さを引き立てていた。身長は百五十五、六センチくらいだろうか。幼い顔も相まって年齢不詳な感じだ。

店名と太った三毛猫のイラストが描かれた紺色のエプロンをつけている。

――二十歳そこそことといったところか。大学生のアルバイトなのかもしれないな。

カウンターでシステムの説明を受けてから会員カードを作る。ロッカーにブリーフケースと上着を預けてから『ふれあいルーム』なる部屋に入った。中には数人の客がおり、猫におやつを与えたりスマホで写真を撮ったりしている。

――なるほど、本当に自由に過ごせばいいんだな。猫用のおやつはカウンターで買えるのか。

キョロキョロと周囲を見渡すと、窓際のベンチでのんびり寝そべっている太めの猫を発見した。

壁に貼ってある写真からすると、あの猫は『ショコラ』という名のオスの三毛猫らしい。写真の下の説明文には【我が店のボスで看板猫(二代目)。オーナーの飼い猫にて譲渡不可です】と書かれている。

俺も他の客を見習って猫と戯《たわむ》れてみようとショコラにゆっくり近づいた。ベンチで隣に腰掛けたところ、ピクッと耳を動かした彼が「なんニャ、おまえは」とでもいうかのようにのそりと顔を上げる。

このふてぶてしい顔つきと落ち着き加減を見ればボス猫というのも納得だ。しかし看板猫というには愛嬌《あいきょう》がなさすぎじゃないだろうか。

「や、やあ、こんばんは」

緊張しつつ声をかけたところ、なぜか突然ショコラの顔つきが変わり、いきなり俺に飛び掛かってきた。

「うわっ！」

一体どうしたというんだろう。俺は何か気にさわることをしてしまったのか!?

狼狽《うろた》えているところに「ショコラ！　駄目《だめ》！」と大声が飛んできた。見ればさっき受付にいた彼女が慌てて駆け寄ってくる。

彼女はショコラを俺から引き剥《は》がすと、「たぶんネクタイだと思います。猫ちゃんたちは揺れるものがあると飛び掛かってしまうんです。ちゃんとお伝えしていなかった私のミスです、申し訳ありません！」と頭を下げた。

彼女は両手でショコラを脇から抱え上げて顔を近づける。

「コラっ、お客様を驚かせちゃ、めっ！　だよ！」

頬を膨らませて唇を尖《とが》らせた、その表情が可愛くて可愛くて……。

――「めっ！」って、なんだそれ、可愛すぎだろ！

はっきり言えば、あの『めっ！』にハートを射抜かれたと言っても過言ではない。元々好みの顔だったことを差し引いたとしても、あのときの彼女の表情にはそれだけの威力があった。

しかしだからといって、それでいきなり好きになったわけじゃない。

いや、今思えばそのときにはすでに落ちていたのだろうが、俺の中では無自覚で、恋心に直結していなかったのだ。

ただ、生まれて初めての『猫カフェ』は想像以上に居心地がよく、俺が嵌《は》まるに十分な空間だった。

猫たちと過ごすあいだは心が穏やかになれたし、柔らかい身体を撫《な》でていると確実に癒《い》やしを実感できた。アニマルセラピーが精神を安定させてQOL《生活の質》を向上させてくれるという説があるが、あながち嘘《うそ》ではないらしい。

気づけば次の金曜日にも、癒やしを求めて『保護猫カフェ・ショコラ』に足を運んでいた。

どうして金曜日かというと、渋谷の店舗に寄ってからそのまま直帰できるのが基本的に金曜日だけだったからだ。

その後も店に通ううちに少しずつ彼女のことがわかってきた。スタッフが彼女を『ましろちゃん』とか『ましろさん』と呼んでいる。

なるほど、彼女は『ましろ』という名前なのか。苗字なのか下の名前なのかはわからないけれど。

明らかに学生とわかる若手スタッフに指示を出しているな。たぶん彼女はバイトリーダーか正社員なのだろう。

――正社員だとすれば若くても二十二、三歳。いや、高卒か専門卒ということもあり得るが……。

猫を撫でつつチラリと彼女を見ると、ちょうど客におやつの与え方を教えているところだった。いつものことだが働き者で、小さな身体でちょこまかとよく動く。そのあいだも笑顔を絶やさないのには感心する。

――うん、本当にいい子だ。見ているだけで癒やされる。

愛想はいいけど必要以上に話しかけてこず、かといって客を放置しているわけでもない。

こちらが困っている気配を察して「大丈夫ですか？」と抜群のタイミングで声をかけてくれるし、猫に悪さをしている客がいれば角が立たないようにやんわりと嗜《たしな》める。その絶妙な距離感と気配り上手なところにも好感が持てた。

――結婚するならこういう子がいいな。

――急に告白したら驚くだろうか……。

そこまで考えたところでハッとする。

「おいおい、俺は何を考えてるんだ」

相手は下手をすれば十歳以上も年下。そんな子を恋愛対象に見ているだけで犯罪ものじゃないか。

三十過ぎの自分がそんなことを考えている事実にゾッとしたし、何より今は仕事が最優先。

そんなことにかまけている暇などないはずだ。

――けれど、もしも彼女が大学卒業後に就職したとすれば……九歳差だったらギリオーケーじゃないか？

「……いや、アウトだろ」

そう考えている時点で胸に芽生えている感情の正体に気づいていたはずなのに。

俺は必死で自分の気持ちを誤魔化《ごまか》して、『猫に癒やしてもらうため』と理由づけては店に通い続けていた。

それなのに……。

今日は朝から店舗の見回りも兼ねて大阪《おおさか》店での会議に参加していた。

帰りに名古屋《なごや》店にも顔を出し、新幹線で品川《しながわ》駅に到着したのが午後七時ちょっと前。タクシーを拾った時点ですでに疲労困憊《こんぱい》だったのだが、俺が運転手に告げたのは自分のマンションではなく『ショコラ』の住所だった。

今日は金曜日。いつものように『ましろ』という名の彼女に会って癒やされたかったのだ。

「――あっ、ここでいいです！」

店の反対側の信号でタクシーを降りてダッシュした。すでに時刻は午後七時二十九分。受付終了までは残り一分だ。Uターンするのを待っている余裕はない。

――ギリギリ間に合うといいが……。

横断歩道を全力疾走し、店の前に着いた時点で午後七時半ジャスト。急いで階段を駆け上がる。店のドアには『CLOSE』の札はまだ掛かっておらず、店先のマットを踏むと難なく自動ドアがひらく。

――よかった、どうにか間に合った！

しかし、喜び勇んで飛び込んだ俺の目に映ったのは、すでにテーブルに上げられている椅子《いす》と、そこに立てかけられた箒《ほうき》、そして驚きの表情で俺を見つめる茉白だった。

――あ……。

「すみませんでした、それじゃあ、また」

「待ってください！」

背中を向けて帰ろうとする俺を彼女が呼び止める。時間外の客など迷惑以外の何者でもないだろうに、彼女は嫌な顔一つせず招き入れてくれた。

しかもその後はソファで寝てしまった俺を起こすこともせず、閉店時間を過ぎてもそのまま休ませてくれた。わざわざブランケットまでかけて。

きっと彼女は雪の日に舞い降りてきた白い妖精、いや、天使に違いない。

ショコラを抱いてふふっと微笑《ほほえ》む姿を見たら、胸いっぱいに熱い感情が込み上げてきた。

もう自分を誤魔化すなんてできやしない。

認めよう、俺は彼女のことが好きなんだ。

——なのに俺は何やってんだ。いきなり迷惑をかけるなんて！

嬉しさよりも申し訳なさと恥ずかしさが勝《まさ》る。くそっ、大失態だ。

けれど彼女は俺を急《せ》かさないばかりかお茶にまで誘ってくれた。俺の目の下の隈《くま》や顔色の悪さに気づいて体調を心配していたのだという。

両親を早くに亡くして大変だったろうに、よくもこんないい子に育ったものだ。えっ、二十四歳だって⁉　これは嬉しい誤算じゃないか！

——だが茉白さん、君は無防備すぎだ。こんなに優しくされたら世界中の男が勘違いしてしまうぞ。

いつもなら家のことなど話題にしない。肩書き目当てで近づいてくる女性にはうんざりしていたし、俺自身も『御曹司』と呼ばれることに抵抗があったから。

なのにどうしてだろう、彼女には自分から打ち明けてしまった。俺のことを知ってほしかったし、俺としたことが、肩書きを餌《えさ》にしてでも好きになってもらいたかったのだ。

実際、今まで知り合った女性たちは俺が御曹司だと知った途端に目の色を変えて擦り寄ってきた。

なのにどうだ、茉白は驚きはしたものの、それに食いつく様子もことさら喜ぶ気配もなくて。そんな様子にがっかりしたと同時に彼女らしいとも思えた。

そうか、彼女は肩書きなんかで釣《つ》れるような子じゃないんだな。

――うん、やっぱりいい。

ああ、好きだ……と気持ちがどんどん溢《あふ》れ出し、気づけば彼女の手を握りしめていた。

「だったら俺と付き合ってくれませんか？」

わかっている、俺の行動はあまりにも性急すぎた。

俺だって今日告白するつもりなんてなかったし、ましてやそれが彼女を怖がらせることになろうとは思ってもいなかったのだ。

軽率すぎた自分の行動が恥ずかしい。

ストーカー被害の話を聞いて、彼女の反応の理由がわかった。

――それなのに俺は……最低じゃないか！

彼女の心の傷を知りもせず、二人きりの場で許可なく手を握りしめた。しかもさっきは堂々と自分の肩書きを語っていなかったか？　そんなもので歓心を買おうとするなんて、やってることはストーカー野郎と変わりない。

――そうか、俺はストーカー野郎と同じ行動をしていたのか。

何も知らなかったとはいえ、彼女がやっと見つけた大切な場所を奪うところだった。その事実に愕然《がくぜん》とする。これでは俺も、最低な男と同罪だ。

「二度とこの店には来ないから安心してほしい」

けれどそんな俺を彼女は引き止めてくれた。

「……茉白さんは、俺にここにいてほしいの？」

「はい、行かないでください」

驚きと期待が交互に脳裏を駆け巡る。妙に速まる脈拍が、ドッ、ドッと鼓膜まで響いてきた。

「どうして？　男性に触れられるのが怖いのに、どうして今日、俺をお茶に誘ったの？　どうして今、俺を引き止めてるの？」

「私だって……恋を、したいと思っているんです」

恋をしたい？　だったら相手は俺がいい。

生まれて初めて自分から告白した相手。

彼女の傷を癒やしたい。あわよくば、俺を好きになってもらいたい。俺が彼女に向けるのと同じ感情を彼女にも持ってもらいたい。

「ゆっくりでいいから俺のことを考えてみてくれないかな。できれば前向きに」

そこから先に起こったことは、まるで夢を見ているかのような展開で……。

＊　＊　＊

「──こんなの、浮かれるなっていうほうが無理だろ」

フォンと電子音が鳴って二十一階でエレベーターの扉がひらく。

マンションの部屋に入るとシャワーを浴びて、パジャマ代わりのスウェットに着替えた。冷蔵庫からボトルの水を取り出しソファに座り、グラスに注いで口にする。ようやく一息ついたところでさっきの茉白からのメッセージを読み返し、感情に任せて返事を送った。

【こちらこそありがとう。茉白が俺の恋人になってくれたなんて夢みたいだ】

少し考えてから【大好きだよ】と付け足した。

――ちょっとストレートすぎたかな。

追加の一言が余計だったかと後悔したが、取り消す前に既読がついた。観念して恥を晒《さら》したままにする。いい歳をして七歳も下の子を相手に何をしてるんだとは思うが、浮かれるくらいは許してほしい。

男は好きな女性を相手にすると知能指数が二十は下がる生き物なのだ。たぶん。

「木南茉白……白いジャスミンの花。彼女らしい可憐《かれん》な名前だ」

――そういえば彼女が花言葉がどうとか言っていたな。

思い立ってスマホで検索してみると、ジャスミンの花言葉は『優美』、『柔和』、『幸福』、『愛らしさ』、『愛想がいい』と書かれている。

まさしく彼女にぴったりだ。白くて小さな花の姿に彼女の笑顔が重なった。

「ふっ、この俺がいそいそと花言葉まで調べるとか」

そういえば、こんなに何かに夢中になったことなど過去にあっただろうか。いや、たぶん初めてだ。

元々器用で何でもソツなくこなせてしまう性分で、幼い頃から勉強でもスポーツでも苦労をしたことがなかった。

家庭環境にも自分が置かれている立場にも不満がなかったからか我ながら穏やかな性格で、誰かと競うとか争うという考えもない。自分から何かを強く求めたりとか執着したりするということもなかった。むしろがむしゃらにしがみつくなんて行為は格好悪いしみっともないとさえ思っていたくらいで。

恋愛に対しても同様で、いつも先方から熱心に告白されての始まりだった。その割にはしばらくすると『愛情を感じられない』とか『彼女なのに優先してくれなくて寂しい』などと別れを告げられる。俺があっさり頷《うなず》くと、今度は『どうして引き止めてくれないのか』と詰《なじ》られてしまう。

あっさりしていると言えば聞こえがいいが、ようは熱がなかったのだろう。気持ちを試されることにも泣かれることにもうんざりで、社会人になってからは自ら恋愛を遠ざけていた。

――いや、あれは恋愛と呼べるようなものでさえなくて。

茉白と出会ってようやくわかった。

誰かを本気で好きになったら冷静でなんていられない。

執着するし、がむしゃらになるし、みっともなくとも愛を乞《こ》うてしまうものなのだ。

「俺もただの下衆《げす》な男だったというわけか」

茉白は俺のことをストーカー野郎とは全然違うと言ってくれた。けれどもそんなの買い被《かぶ》りだ。俺だって彼女に興味津々だし叶《かな》うことなら触れたいと思う。

胸をジロジロ見なかったのはそれが当然のマナーだからではあるが、単に彼女の顔に見惚《みと》れていて胸にまで気を取られることがなかったというだけで。

こんなことを考えている時点でストーカー野郎と大差ない。真面目な客を気取っていても、いったんタガが外れてしまえばこの始末。

——でも、あんなヤツと同類だなんて思われたくない。

だから二度と彼女を怖がらせたりなんてしない。勝手に手を出したりしないし適度な距離を保つと心に誓う。

「今度デートに誘ってみるか」

まずは定番に倣《なら》ってカフェでお茶をしながら語り合い、彼女の好きなもの、興味のあるものを知っていきたい。ゆっくりと時間をかけて。

——彼女の名前にちなんでジャスミンティーが美味《おい》しい店でも調べておこう。

そんなことを考えていたらスマホの着信音が鳴った。画面がパッと光ってメッセージが表示される。

【私も、大好きです】

――うわっ、これは……。

彼女から届いた言葉がダイナマイト級の威力で俺のハートを直撃した。思わず片手で口元を押さえて息を止める。

たった八文字が俺の視界を占拠する。もう他のものなど見えやしない。

胸の奥がぎゅっと締め付けられるようなくすぐったいような何とも言いがたい感覚。痛くて苦しいけれど不快じゃなくて、むしろ歓喜に満ちていて。

――そう、これが正真正銘、本物の恋なんだ。

もう重症だ、俺自身にだって止められない。

「好きだ……本当に」

乙女みたいに胸元でスマホを握りしめ、生まれて初めての感情を味わった。

「……よし、寝る前にもう少しだけ作業をしておくか」

来週も必ず彼女に会いに行く。そのためにも仕事を頑張らなくては。

茉白と会うための時間を確保すべく、俺は今度こそ表情を引き締めて書斎へと向かうのだった。

3、触れたいし触れられたい

表参道《おもてさんどう》の有名レストランは土曜日のランチタイムだけあって満席だ。私たちは窓際の特等席で食事を堪能しているけれど、渉《わたる》さんが予約をしてくれていなければとても座れなかったと思う。

三月中旬の今日、ガラス越しに見えるケヤキ並木は葉の一枚もなくて閑散としている。しかし夏になれば輝くような青葉が茂り、秋には紅葉が楽しめるだろう。東京《とうきょう》のド真ん中、流行の発信地とも言われるこの場所でこの景観、人気があるのは当然だ。

「わぁ、お店も料理も本当におしゃれ！　ドアの前でスーツ姿の店員さんがお迎えしてくれるレストランなんて初めてだったし」

ランチコースの最後に運ばれてきたアフタヌーンティーの三段スタンドを前に感嘆の声をあげていると、向かいの席から渉さんが微笑《ほほえ》んだ。

「喜んでくれたならよかったよ。茉白《ましろ》が気に入ってくれるかどうか心配だったんだ」

「心配だなんて、渉さんに連れて来てもらえるなら、どこだって気に入るに決まってます！」

胸を張って言い切ったところでハッとする。今の言葉は私の気持ちがダダ洩《も》れすぎだ。頬を染めながら身体を縮こませる私に渉さんが目を細める。

「そうか、俺と同じでよかった。俺も茉白といられるならどこでも嬉《うれ》しいから」

キュン！

そんなに綺麗《きれい》な顔でそんな決めゼリフをさらっと投げてこないでほしい。ますます顔が赤くなってしまうから。

渉さんと交際を開始して約一ヶ月半。最近の彼はずっとこんな調子だ。


二月初旬に付き合い始めた私たちだったが、実際に次に会えたのは一週間後の金曜日、『ショコラ』の客とスタッフとしてだった。

別れ際に渉さんが言っていたように仕事が忙しかったらしく、平日はメッセージでのやり取りのみ。その内容も天気のことやその日に食べたものなどたわいのないものばかりで、交際の実感が湧かないままでいたのだが、そこに渉さんがいつもの時間に来店してきた。

「いらっしゃいま……！　あっ、どうも、こんばんは」

「こんばんは、久しぶり。……あの、今日もいつもの六十分コースでお願いできるかな」

「もっ、もちろん、喜んで！」

あからさまにもじもじしている私たちの様子で瑠衣子《るいこ》さんにはピンときたらしい。

「ふーん、『アリ寄りのアリ』が『アリ』になったわけか」

腕を組んで渉さんと私にしたり顔を向けると、「閉店後に穂高《ほだか》さんと一緒に居残りね」と宣言した。

閉店後のカフェスペースで瑠衣子さんと向き合った渉さんは、臆することなく堂々と交際宣言してくれて。

「先週から茉白さんとお付き合いさせていただくことになりました。以前も伝えさせていただいたとおり、結婚も視野に入れた真剣交際です。母親代わりでもある瑠衣子さんに、どうか許可をいただきたく……」

「はぁ？　結婚？　いきなり⁉」

「わ、渉さん、結婚も視野って⁉」

瑠衣子さんと私が同時に素《す》っ頓狂《とんきょう》な声をあげると、渉さんがハッとした表情で後頭部を掻《か》く。

「すみません、これは俺の一方的な願望で……いずれはそうなれたらいいな、と」

最初こそ「大会社の御曹司さまが⁉」と心配していた瑠衣子さんだったけれど、渉さんの真摯《しんし》な言葉に最後は祝福してくれたのだった。

――あのときは本当に驚いたけれど。

渉さんはその後もまめに連絡をくれるし金曜日にはお店に来てくれている。仕事関係の会食や出張で二度ほど来店できない日もあったけれど、それ以外は閉店後まで残って私をアパートまで送ってくれる。

私としては毎回遠回りをさせるのが申し訳ないのだけれど、渉さんが『茉白を家まで送るのは彼氏である俺の特権だから』と言ってくれたのでお言葉に甘えさせてもらっている形だ。

タクシーを利用したのは付き合い始めたあの日だけで、以降の移動手段はもっぱら渉さんの愛車。有料駐車場で黒光りしている高級セダンを見たときには緊張したけれど、最近は助手席に座ることにも慣れてきた。到着後は私の部屋の前で握手をしてから帰っていくのがお約束になっている。

彼の新事業の準備が徐々に落ち着いてきたようで、今月に入ってからは店の外で二回待ち合わせてデートらしきものもした。

そうは言っても社長代行の彼が忙しいことには変わりがないし、お互いの休日も合わせにくい。丸一日をデートに割くことが難しいため、ほんの数時間会っただけだ。一回目のデートは渋谷《しぶや》にあるカフェでお茶をして、二回目は彼の仕事の合間にランチだけして解散。

それでも一応デートはデート。過去に恋人がいたことのない私にとっては、胸のときめく大満足な時間だった。特に最初のカフェは私の名前にちなんでジャスミンティーのある店を選んでくれていて。

「あっ、このお店、ジャスミンティーがある！」

中華系以外だとジャスミンティーがメニューにあるカフェは多くない。普通のカフェでは珍しいと喜んでいたら、渉さんが頬杖《ほおづえ》をつきながら満足げにこちらを眺《なが》めていた。

――あれっ？

「もしかして、それでこのお店に？」

私の指摘に「えっ、どうしてわかったの⁉」と驚きつつも、「茉白に喜んでもらえて嬉しいよ」と満面の笑みをくれて。二人揃《そろ》ってジャスミンティーとケーキのセットをいただきながら「美味《おい》しいね」と語り合ったことは今でも胸が温かくなる思い出だ。

そして今日は渉さんと三回目のデート。彼のお迎えで映画を観に行ったあとで、このレストランにやってきた。今日は私が午後二時からラストまで仕事のため、一緒にいられるのは出勤までのあいだだけ。それでも午前中から行動を共にするのは初めてのこと。すごく新鮮に感じるし、徐々に関係がステップアップしているみたいで嬉しい。

渉さんが左手の腕時計に目を落とす。

「午後一時半か……もう少ししたらここを出ようか」

「……はい」

表参道から渋谷の『ショコラ』までは車で十分弱。お店に着いたらそこで今日はお別れだ。

──時間が過ぎるのがあっという間。もっと長く一緒にいられたらいいのに。

贅沢《ぜいたく》なのはわかっている。男性と付き合ったこともなかった私に恋人ができて、しかも相手は超がつくようなイケメンで御曹司の渉さん。そのうえ私が抱える悩みも丸ごと受け止めてくれているだなんて、こんなの奇跡だと思う。

外でゆっくり会えなくとも金曜日には客としてお店に来てくれる。アパートまでの十五分のドライブだって楽しい時間だ。

──それだけで十分なはずなのに。

とても紳士で優しい彼は、きっと今日も握手だけして去っていくのだろう。

大切にされているのは嬉しいけれど、最近なんだか物足りなく感じてしまう自分がいて。

握った手を離したくないな……とか、もっと触れていたいな……とか考えるたびに、どういうわけかお腹の奥が熱くなってしまうのだ。

──そんなの自分勝手だよね。

最初に触れられるのが怖いと言ったのは私自身。彼の手を振り払っておきながら、今更『物足りない』だなんて言えやしない。

それに実際『もっとその先』があったとしても、私の身体が拒まないとは限らないのだ。

——だから今はこれでいい。この関係を壊したくないから。

車が『ショコラ』の入ったビルディング前に横付けされて、私は一人で外に出た。窓越しに彼が右手を差し出して、私がそれを握り返す。

「茉白、仕事を頑張ってね。それじゃ、また」

サイドガラスがするりと上がり、黒いセダンが去っていった。

——ああ、まただ。

胸がぎゅうっと締め付けられて、寂しさと切なさが込み上げてくる。今別れたばかりなのにすでに会いたいと思ってしまう自分がいる。

きっともう、私のほうが大好きだ。


今日の『ショコラ』は大盛況で、ひっきりなしにお客様が訪れていた。スタッフも週末シフトになっていて、レジカウンターを瑠衣子さん、自販機の補充と『ふれあいルーム』の管理を私と加奈《かな》ちゃんという三人体制でまわしている。

午後五時を過ぎた頃、来客を知らせるチャイムが鳴った。特に気にすることなくクリーナーを片手にソファについた抜け毛を掃除していたら、瑠衣子さんがこちら側に続くドアから「茉白、お客様よ」と呼んできた。

「えっ？　はい」

受付なら瑠衣子さん一人で十分なはずなのに、わざわざ私に伝える意図は？　と首を傾《かし》げながらもレジカウンターに顔を出すと、驚くことにスーツ姿の渉さんが立っていた。

――えっ、嘘《うそ》、どうして⁉

「わた……穂高さん、いらっしゃいませ」

動揺しながら『どうしてここに？』と目で訴えると、彼がはにかみながら黒革のビジネスバッグを掲げてみせる。

「ここで猫ちゃんを見ながら仕事をさせてもらおうかと思って」

それから私に顔を近づけて、「あれから仕事をしようと会社に行ったんだが……やっぱり茉白に会いたくなって。今日も帰りに送らせてほしい。いいだろう？」と小声で囁《ささや》きかける。

いいも悪いも、そんなの私だって……。

無言でコクコク頷《うなず》くと、渉さんは満足げに目を細めてレジから離れ、『ふれあいルーム』を見渡せるガラス前のカウンター席でパソコンをひらいた。

「あらまぁ、彼、想像以上に茉白にゾッコンなのね。幸せそうで何より」

瑠衣子さんがポンと私の肩を叩《たた》いて白い歯を見せる。

「うん、ありがとう」

――だけどね、瑠衣子さん。私だって彼にゾッコンなんだよ。

今の私は胸がはち切れそうなくらい感動していて、店中の猫ちゃんたちにハグしてまわりたいくらい嬉しくて。

こんな気持ちを与えてくれた渉さんに感謝したいし、私だって彼を喜ばせてあげたいと、そう思うのだ。


午後八時で閉店し、瑠衣子さんと私の二人で猫ちゃんの体調チェックを開始する。渉さんはシャツの袖を捲《まく》って当然のごとくカフェスペースの掃除を始めた。

最初は恐縮していた私たちも毎週続けば慣れたもので、今では彼の好きなようにさせている。

ガラスの向こう側で椅子《いす》をテーブルに上げている姿を眺《なが》めながら、瑠衣子さんがしみじみと呟《つぶや》いた。

「それにしても、あんな大会社の御曹司がねぇ」

腰が低くて傲慢《ごうまん》さの欠片《かけら》もなくて、おまけにマメで情熱的。彼の存在自体が奇跡だと褒《ほ》めちぎる。私もマロンちゃんの爪や肉球のチェックをしながら頷いた。

「うん、私もそう思う。あんなに素敵《すてき》な人がどうして私を？　って思うし」

「そんなの茉白がいい子だからに決まってるでしょ」

瑠衣子さんが不本意だというように眉を吊《つ》り上げてみせる。

「私の姉さんの忘れ形見で可愛《かわい》い姪っ子が魅力的なのは当然でしょ。たしかに彼の容姿や肩書きはすごいと思うけど、私はそんなことより茉白を選んだことを一番に褒めてあげたいわ。あなたも自信を持ちなさい」

「瑠衣子さん……」

温かい励ましの言葉に涙腺が緩む。

両親を亡くしたときも仕事を辞めたときも、彼女がいたから私は立ち直ることができた。そして渉さんとここで出会えたのだって。

「今まで本当にありがとうございました。瑠衣子さんのおかげで私はとても幸せです」

「何よ、いきなり改まって。これじゃあまるで娘を嫁に出すみたいじゃないの。ちょっと早くない？」

――嫁……っ！

「ちょっ、私はそんなつもりじゃ！」

顔を赤くしながら狼狽《うろた》えているところにドアがガチャリとひらいて渉さんが顔を出す。

「瑠衣子さん、あとは何をすれば……あれっ、茉白、顔が真っ赤だけど大丈夫？　風邪でも引いたんじゃ……」

「ああっ、大丈夫だから！」

顔の前で片手をブンブン振って誤魔化《ごまか》していると、瑠衣子さんが私の腕からマロンを抱き上げる。

「はい、茉白はもう帰って帰って。穂高さんがお手伝いしてくれたぶん今日は早帰りしていいから」

「えっ、でも……」

「瑠衣子さん、ありがとうございます！」

私が答える間もなく渉さんが勢いよく頭を下げる。

瑠衣子さんに「はいはい、ご苦労様でした」と急《せ》かされて、私たちは肩を並べて店を出たのだった。

「——あっ、カウンターにスマホを置き忘れてきた」

階段の途中で渉さんが立ち止まる。

「私が取ってきましょうか？」

「いや、自分で行ってくるよ。茉白はここで待っていて」

そう告げて軽やかに階段を駆け上がっていった。

――外で待ってようかな。

一人で先に外に出る。ビルの前で何の気なしに立っていると、「茉白ちゃん！」と誰かが私の名を呼んだ。

この声には聞き覚えがある。百貨店時代の辛い思い出。私にトラウマを植え付けた……。

「小幡《おばた》さん！」

見ればすぐそこのガードレールから小幡さんが腰を上げるところだった。ビルの明かりと車のライトに照らされながら、彼は歓喜の表情を浮かべて小走りでこちらにやって来る。

――嫌だ、嘘っ、どうして⁉

心臓がバクバクと早鐘を打つ。早くここから離れなければ。そう思うのに足が地面にくっついたみたいに動けない。

「茉白ちゃん、ずいぶん探したんだよ！　君は急にいなくなるし、百貨店の連中は守秘義務とか言って住所を教えてくれないし」

――一体誰のせいだと思って……。

文句の一つも言ってやりたいのに、喉が詰まって声が出ない。

どうやら百貨店の上司も最低限の常識は持ち合わせていたらしい。小幡さんは私の行方を知ることができず諦めかけていたのだが、最近になって私がこのビルに入っていくところを偶然見かけたのだという。

「急いで追いかけたんだけど、あのフロアのどの店に入ったかまではわからなくてさ。今日は会えるかと思ってこのあたりをウロついていたんだけど、ついさっき二階の窓に君らしき姿を見つけて。猫カフェなんかで働いてるんだね。俺が動物嫌いじゃなければ店の中まで入れたんだけどさ、俺、ケモノ臭《くさ》いのとか不潔な場所が苦手なんだよね」

昼前にも一度このビルを訪れていただとか、閉店時間まで待っていれば必ず会えると思っていたとか、聞いてもいないのにペラペラと喋《しゃべ》り続ける。

「これからちょっとだけ付き合ってよ。警戒しなくても変なことはしないって」

だらしなく口元をニヤけさせた彼の視線が私の胸元に注がれた。

「ほら、行こうよ」

小幡さんがこちらに手を伸ばす。手首を掴《つか》まれたその瞬間、私の全身が恐怖で粟立《あわだ》った。

——嫌っ！

思わず目を閉じたそのとき。

「何をしてるんだ！」

私の後方から大声がして、気づいたときには私の目の前で小幡さんの手が捻《ひね》り上げられていた。

——渉さん！

「茉白、怪我《けが》はないか⁉」

渉さんは小幡さんの手首を掴んで後方に捻り上げ、もう片方の手で肩をグイと押さえ込む。

小幡さんは地面に両膝をついて苦痛に顔を歪《ゆが》めていた。

「なっ、なんだよおまえ！　こんなことをしていいと思ってるのか！　訴えるぞ！」

「お望みなら名刺の一枚くらいは渡してやってもいいが……小幡清志《きよし》、訴えられるのはおまえだぞ」

「はぁ？」

驚愕《きょうがく》の表情で振り返る小幡さんを渉さんは冷たく見下ろした。

「小幡清志、三十五歳。父親が経営する輸入車販売店『オバタモータース』で副社長をしているそうだな。店舗は日本橋《にほんばし》だったか」

「どうしてそれを！」

「婚約者の安全を脅《おびや》かす恐れがあるヤツの素性を調べておくのは鉄則だろ。名前に似合わず下衆《げす》な真似《まね》をしてくれたもんだな。まさかここまで愚かだとは思わず油断していた」

——えっ、婚約者⁉

と私が口に出す前に、小幡さんが「婚約者⁉」と素っ頓狂な声をあげる。

「ああ、そうだ。俺の大切な女性《ひと》にちょっかいを出すなら手加減しない。おまえの父親に直接被害を訴えたっていいんだぞ」

「そ、それは……」

周囲に徐々にギャラリーが集まってきた。小幡さんが脱力したのを見届けて、渉さんが彼の手を引き立ち上がらせる。スーツの内ポケットから名刺入れを取り出すと、一枚引き抜き小幡さんの目の前に突き出す。

小幡さんは震える両手で名刺を受け取り、目を大きく見開いて渉さんの顔を見た。

「『HODAKAコーポレーション』って、あの家具大手の……どうしてそんな人が彼女と……」

「そんなことはどうでもいい。彼女に今後一切関わらない、いや、近づかないと今すぐここで誓え！　それともストーカー行為で訴えられたいか⁉」

「誓う！　もう近づいたりしないから！」

小幡さんは悲痛な叫《さけ》び声をあげてから、渉さんの後方にいる私に視線を向ける。

「おまえがこんなビッチだったとは知らなかったよ！　こっちから願い下げだ！」

「……っ、小幡ぁ！」

渉さんが小幡さんの胸ぐらを掴んで激しく揺さぶったかと思うと、そのまま勢いよく突き放した。地面に尻もちをついた小幡さんが恐怖に唇を震わせる。

「どこまでも腐ったヤツだな。顔が原型をとどめなくなるまで殴ってやってもいいが、おまえに触れることさえ穢《けが》らわしい。さっさと消えろ。……ほら、今すぐ去れ！」

地を這《は》うような低い声と迫力に気圧《けお》されたらしい。小幡さんは尻もちをついたままズリズリと後ずさりしてから脱兎《だっと》のごとく走り去っていった。

茫然《ぼうぜん》と立ち尽くす私を渉さんが振り返る。

「茉白、大丈夫？」

私はコクコクと頷きながらも、いまだに声を発することができない。恐怖で全身が震え、噛《か》み合わない歯がカチカチと鳴った。そんな私を渉さんがそっと抱きしめる。

「茉白、もう大丈夫だから。茉白……」

無言で頷きながら彼の胸に顔を埋《うず》める。大きな腕に包まれていると、世の中の怖いものすべてから守られているようで安心できた。次第に呼吸が落ち着いてきて心も身体も温まってくる。

身体の震えがおさまった頃に渉さんがゆっくりと腕を緩めた。私から一歩離れて申し訳なさげに眉を下げる。

「……勝手に抱きしめたりして悪かった。咄嗟《とっさ》のこととはいえ、怖かったよな。俺も小幡と同罪だ」

「そんな、渉さんと小幡さんは全然違う！」

咄嗟に大きな声を出していた。

──だって、怖いどころか……。

「渉さんに抱きしめられて怖いはずがない！　それどころか心から安心できたし、むしろずっと抱きしめてほしいくらいで……っ！」

そこまで告げてハッとする。私ったら公衆の面前でなんてことを口走っているんだろう。

渉さんが地面に放り投げてあったビジネスバッグを拾い上げ、無言で私の手を握る。

「こんな状態の君をこのまま帰したくない。俺のマンションに来てほしい」

「はい」

迷うことなく頷いた。だって私も今夜は一人でいたくない。

近くのパーキングで車に乗り込むと、渉さんはいつもと反対方向の南東へと車を走らせた。

渉さんが住んでいるマンションは夜の街でも白く浮き立つ高層マンションだった。

高層階専用のエレベーターがぐんぐん上昇して二十一階で止まる。それだけでもすごいと思うのに、彼の部屋は独身にもかかわらず2LDKの角部屋だ。

「まずは身体を温めたほうがいい。バスローブを用意しておくからシャワーを浴びておいで」

彼に促されてバスルームに入るとシャワーで全身を洗い流す。熱めのお湯が全身に染み渡り、強張《こわば》った身体をほぐしてくれるみたいだ。

——言われるままにここまで来てしまったけれど、渉さんはどう思っているんだろう。

あんな男に絡まれていた女を鬱陶《うっとう》しく思わなかっただろうか。面倒ごとに巻き込まれてしまったと後悔していないだろうか。

「それに……」

私が住んでいるアパートからここまでは車で二十分ほどの距離だが、『ショコラ』から私を送って帰ってくるとなれば四十分近くかかってしまうだろう。

——そんな面倒なことを毎週続けてくれていたんだ。

仕事で疲れているだろうに不満の一つもこぼさずに、むしろ私を気遣ってくれていて。

『お疲れ様』、『今日も頑張ってたね』、『今日も癒《い》やしてくれてありがとう』。

いつも帰りの車内でかけてくれている優しい言葉の数々が脳裏に浮かぶ。

同時に申し訳なさと感謝の気持ちで泣きたいような気持ちになった。

「ずっとずっと、私が思っていた以上に大切にしてもらっていたんだな」

彼と付き合い始めてたったの一ヶ月半。けれどそれ以前から彼の誠実さは見てきたつもりだ。こんなに素敵《すてき》な人に、自分は『結婚も視野に入れた真剣交際』、『婚約者だ』と言ってもらえているのだ。

彼の笑顔とさっきの頼もしい姿を思い出すと、胸の奥が甘く切なく疼《うず》きだす。

「渉さんと離れたくないな……」

ずっと一緒にいたい、叶《かな》うことなら一生彼のそばにいたい。彼が私に幸せをくれたように、私も彼を幸せにしたい……。

「うん、私は渉さんのことが大好きだ」

今まで以上に自分の気持ちがハッキリと見えたような気がした。

渉さんが用意しておいてくれた着替えは男性用のバスローブ。私にはかなり大きい濃紺のそれを身に着けてリビングに戻ると、スエットに着替えた彼がお茶を淹《い》れて待っていてくれた。男性には似つかわしくないイチゴの絵柄のティーセット。有名なイギリスブランドのものだ。丸みを帯びた陶磁のフォルムが可愛らしい。

彼に促されて三人掛けのソファに腰掛けると、渉さんは自分が座っていた真ん中の席から一つ向こうに移動した。

「俺も最近知ったばかりなんだけど、ジャスミンの香りにはリラックス効果があるんだってね」

彼がティーポットからカップにお茶を注ぐと甘くて華やかな香りが匂い立つ。

「今日は怖かっただろう。ここなら絶対に安全だから安心して休んでほしい。さあ、温まって」

カップにゆっくり口をつけジャスミンティーを一口いただく。

本当だ、身体の隅々まで熱がじわじわと伝わってきて、強張っていた心と身体がゆっくりほどけていくようだ。

「……美味《おい》しいです」

「よかった。通販サイトで種類が多すぎてどれにしようか迷ったんだ。茉白がお薦めのブランドがあれば、次からはそれを買うよ」

「もしかして、私のためにジャスミンティーを用意してくれていたんですか？」

「そりゃあ、彼女が好きなことなら何でも共有したいし……それに、近いうちに茉白を家に招待しようと思っていたから」

まさか今日になるとは思っていなかったけれど……と渉さんが苦笑する。

それでなんとなく気づいてしまった。私の自惚《うぬぼ》れなのかもしれないけれど、たぶん、きっと……。

「このティーセットも、わざわざ新しく買ったんですか？」

「ああ、コーヒー用のマグカップしかなかったから。イチゴのデザインが可愛いから茉白にぴったりだと思ったんだけど。もしかして好みじゃなかった？」

私はブンブンと勢いよく首を横に振る。

――好みも何も、こんなの……。

「渉さんは私に甘すぎます。こんなに優しくされたら、もう渉さん以外の誰も目に入らなくなっちゃう」

「入ったら困る！」

彼がソファの座面に手をついてこちらに身を乗り出す。そしてハッとしたようにすぐに引っ込めた。

「俺以外見えなくなればいい……そうなってほしくてこうしている」

ぽつりと呟《つぶや》くその表情は切なげで。

「けれど、君からＯＫをもらえるまでは絶対に手を出さないと誓う。邪《よこしま》な気持ちでここに連れてきたんじゃないということを信じてほしい」

だけど私を見つめる瞳は熱情を滲《にじ》ませていて。

――ああ、この座席一つ分の距離がもどかしい。

今この瞬間、猛烈にそう思ってしまったのだ。

私は自ら席を一つずらして彼の隣に移動した。

「茉白？」

ビクッと肩を跳ねさせた彼を至近距離からじっと見つめる。

「私は、渉さんだったら大丈夫。ううん、渉さんがいい」

彼の喉仏が上下する。

「……そういうことを言うと自制が効かなくなるよ」

「だから大丈夫で……」

彼が右手で私の前髪を掻き上げる。額に唇が押し当てられて、あっという間に離れていった。

「これは怖くない？」

「はい」

「よかった。……唇にキスしても？」

「はい」

チュッと軽く触れるだけのキスをしていったん離れる。彼の瞳が不安げに私の反応を窺《うかが》っている。

「私……渉さんにもっと触れてほしいです」

だって私の唇はこんなにも熱い。今ならほんの一瞬の触れ合いでさえ、甘く蕩《とろ》けて崩れ落ちてしまいそうだ。

こんなふうに思える相手は渉さんだけ。そう思える相手に出会えたことが嬉しいし、彼に巡り会えたことに感謝している。

「もう怖くなんかありません。渉さんだから……渉さんがそう思わせてくれたんです」

「茉白っ！」

次の瞬間、私の身体が押し倒される。上から覆《おお》い被《かぶ》さってきた渉さんが激しく唇をぶつけてきた。さっきとは打って変わって圧のある口づけ。息をするのも苦しくて口をひらいて喘《あえ》いだら、すかさず舌が挿入《はい》ってきた。

——あっ！

肉厚な舌が私の口内を満遍なく舐《な》めまわす。舌先で上顎をくすぐられるとゾクッと背中を快感が走った。

こんなの私が想像していたキスとはまったく違う。濃厚で情熱的な接触だ。

「茉白、舌を出して」

甘ったるく囁かれ、言われるままに控えめに舌を出す。軽く甘噛みしてから先端をチュッと吸われた。

子宮のあたりがキュンとなる。思わず「んっ」と鼻にかかった声が出た。

「可愛い、本当に」

再び唇が強く重なる。渉さんの舌先が私の舌を捕らえ、あっという間に絡まった。釣《つ》られるように舌を動かすと、私を抱きしめる彼の腕に力が籠《こ》もる。ペチャペチャと水音を立てながらお互いの舌を貪《むさぼ》り続けた。

あまりの気持ちよさに恍惚《こうこつ》としていたら、私の恥骨に硬いものが触れた。

——あっ、これは……!

経験のない私にだってなんとなく想像がつく。私を抱きしめながら押し付けられる彼の腰と洩《も》れ聞こえる苦しげな吐息《といき》。

彼はこの期に及んでも我慢してくれているのだ。

「渉さん……」

重なった唇のあいだでくぐもった声を出すと、渉さんが慌てて顔を離す。

「茉白?」

「私はこの年までキスも知らなかったような女です。そのうえ七歳も年下で顔も幼くて色気がなくて……」

自分勝手なことはわかっている。だけど……。

「面倒な女でごめんなさい。だけど、渉さんに抱いてもらえないのは寂しい」

ああ、とうとう言ってしまった。羞恥《しゅうち》と緊張で唇が震え、勝手に涙が滲んでしまう。思わず両手で顔を覆った。その手をすぐにどけられる。

「そんなわけない！　俺だって……茉白をずっと抱きたくて、君が欲しくてたまらなかった！」

バスローブの前がはだけられ、首筋に、鎖骨に、胸の谷間に唇が押し付けられる。バスローブの下は何も着用していない。男性にこんな姿を晒《さら》すのは初めてだ。

隠したい。けれど触れてほしい。

躊躇《ちゅうちょ》しているあいだに両手をソファに縫い留められた。

胸元に熱い吐息を感じたその直後、彼が胸の先端を口に含む。ねっとりと輪郭をなぞったかと思うと、舌先でピンクの突起を転がした。

「ああっ！」

強い刺激に声をあげると彼の屹立《きつりつ》も勢いを増す。さらに私の秘部をグイと圧迫してきた。グッグッと押し付けられるたびにお腹の奥が切なく疼く。じっとしていられず太腿《ふともも》を擦り合わせた。

「んっ……ふ……っ」

「茉白……っ」

渉さんが両手で私の胸を鷲掴《わしづか》む。大きな手のひらでやわやわと揉《も》み上げながら、合間に指先でコリコリと先端をつまむ。片方の乳房にむしゃぶりつかれ、ねっとりと舌を這わせられると気持ちよさに背中を反らした。

今では両手が自由になっているというのに、身体を隠すことも忘れて彼の愛撫《あいぶ》を受け止める。代わりに彼の頭を抱きしめると、胸に顔を埋めた渉さんが谷間にジュッと吸い付いた。チクッとした痛みと共に赤紫の痕《あと》がつく。

「ん……っ」

胸から顔を上げた渉さんが私を見上げる。何か言いたげな眼差《まなざ》しの意味がわからず黙っていると、彼の右手がそろりと下りていくのが見えた。その指先が私の秘部に触れる。

——あっ！

「ここに触るよ」

彼の長い人差し指が薄い繁みを掻き分ける。潜んでいた割れ目に到達すると、下からゆっくりと撫《な》で上げた。

「よかった、ちゃんと濡《ぬ》れてるね」

ゾワゾワと腰が痺《しび》れて蜜口が窄《すぼ》まる。恥ずかしい場所に触れられているというのに気持ちよさが勝る。

彼は片手で器用に割れ目をひらき、その上にある小さな蕾《つぼみ》をソフトタッチでノックする。指の腹でトントンと刺激されるとそのたびに腰が跳ねた。

「あっ、あっ、や……っ」

「本当に嫌？　それとも気持ちいい？」

「気持ち……いい」

「そう、よかった」

涉さんが満足げに薄く微笑む。奥からトロリと溢れた液を指に纏《まと》い、そのまま蕾に塗りつけた。指の腹でクルクルと撫でられるとえも言われぬ快感が襲う。

「あっ、やっ、駄目《だめ》っ」

「駄目じゃない、気持ちいいんだ」

「い、いいっ、気持ちい……っ」

擦られ続けた一点がどんどん熱く切なくなる。じわじわと湧いてきた疼きが大きくなって、あっという間に全身を包み込んだ。

「やっ、あっ……ああーっ！」

パンッ！　と刺激が弾《はじ》け飛び、私は声をあげながら生まれて初めての絶頂を体験した。

雲の上まで急上昇してストンと落ちるような感覚。脱力し、肩で激しく息をする。ぐったりしている私の顔を涉さんが覗《のぞ》き込んできた。

「ちゃんとイけたね。気持ちよかった？」

「はい……よかった、です。こんなの初めてで……恥ずかしい」

さんざん変なことを口走ってしまった自分を思い出して頬を熱くしていると、渉さんが「まだだよ」と微笑みかける。

「茉白の初めては全部俺が貰《もら》うよ。ココに触るのも、味わうのも」

——味わう？

意味を問いかける前に渉さんが再び胸に吸い付いた。

「きゃっ！　あっ！」

私の身体にキスを繰り返しながら彼の頭がお腹のほうに下りていく。柔らかい髪に撫でられてくすぐったいと身体をよじった直後、急に渉さんが上体を起こす。

——えっ⁉

彼は私の股のあいだに陣取ると、膝裏から私の両脚を折り畳む。左右に大きくひらいたかと思うと中心に顔を沈めた。ペチャッと粘着質な音がして生温かいものが蜜口を舐め上げる。

「嘘っ、やだっ、駄目っ！」

それが渉さんの舌だと気づいた直後、猛烈な羞恥が私を襲う。

腰を捻って逃れようとするも、彼の両手がガッチリと私の太腿《ふともも》を掴んで離さない。それどころか私に秘部を見せつけるかのように腰を高く持ち上げてくる。

「やっ、あっ！」

渉さんが中心に舌を這わせる。溢れる蜜を犬のようにペチャペチャと舌先で掬《すく》いながら、私にチロリと視線を向けた。

「茉白、今度は俺の舌でイって」

言うが早いか今度は蕾を舐め始めた。舌で形を確かめるかのように円く周囲をなぞったかと思うと、口に含んで飴玉《あめだま》みたいに転がす。舌でふるふると揺らされると腰が痺れてお漏《も》らししそうな感覚に襲われる。

強弱つけた刺激にあっという間に攫《さら》われて、私はあっけなく二度目の絶頂を迎えてしまう。

「も……駄目」

あまりにも強烈な体験に、肌を隠すことも忘れてぐったりとソファに身を預ける。息も絶え絶えの私の片脚を、なぜか渉さんが肩に担ぎ上げる。

「きゃっ！　渉さん⁉」

「茉白、ナカもほぐさなきゃ」

彼が右手の人差し指を蜜口に挿入する。ナカを慣らしていくかのようにゆっくりと内側を掻《か》き混ぜる。内壁をぐるりと押し広げ、抽送を繰り返されているうちに最初にあった異物感が軽減し、代わりに身体が快感を拾いだす。

「んっ、ふ……っ」

「指を増やすよ」

グチュグチュと水音が大きくなって、直接見ずとも自分のナカが潤っているのがわかる。彼の指の動きがスムーズになった。指の抜き差しが速くなり、またしてもお腹の奥から甘い痺れが湧いてきた。

「あっ、あんっ、気持ちい……」

「ああ、気持ちいいね。ココはどう？」

二本指の腹で浅いところを擦られる。途端に電気のような強い刺激が走り、私の腰がビクンと跳ねる。

「やっ！　駄目っ！」

「ここが茉白のイイところだ。俺以外の誰にも触らせちゃいけないよ」

「そんなこと、するわけ……ああっ！」

言い終える前に再び敏感なポイントを擦られる。指先で絶妙な振動を与えられると我も忘れて嬌声《きょうせい》をあげた。お腹の奥がウズウズして、じっとしているのが難しい。

「渉さん、駄目っ、本当に……っ、変になるからぁ！」

渉さんが自分の肩から私の脚を下ろす。ようやく解放されたとほっとしたのも束《つか》の間《ま》。

「変になればいい」

彼が左の指で蕾をつまむ。クニクニと扱《しご》いて剥《む》き出しにすると、唇を寄せて吸い上げた。チューッと高い音がして嬌声をあげる間に、彼の右手の二本指が抽送を再開する。ナカと外から与えられる快感に我を忘れて声をあげ続ける。

「ああっ、駄目っ、ああーーっ!」

容赦ない口撃に陥落した私は、腰を浮かせて絶頂を迎えた。

想像以上の刺激と快感。放心したようにくったり脱力する私を渉さんが難なく抱き上げる。リビングの奥までスタスタと歩いていくと、私をお姫様抱っこしたまま片足で勢いよく間仕切りのスライドドアを開けた。

そこは十帖ほどのベッドルームになっており、艶《つや》のあるグレーのシーツが敷かれたクイーンサイズのベッドに私はゆっくりと下ろされた。

ベッドサイドで渉さんが服を脱ぎ捨てる。彼は着痩《や》せするらしく、スラリとした体型の肩や胸にはしっかりと筋肉がついていた。

視線を下へと動かすと、彼の分身が天へと向かって反り返っている。

初めて目にするソレは雄々《おお》しく太く、まるで己の立派さを誇《ほこ》るかのように太い血管を浮かび上がらせていた。

——ああ、私はこれからこの身体に抱かれるんだ。

いくら処女の私だって、さっきの行為で終わりだなんて思っていない。だって渉さんはまだ一度も達していない。

ギシッとスプリングの軋《きし》む音がして渉さんがベッドに上がる。私が緊張で目を閉じると、ピタリと彼の動きがやんだ。

「渉さん？」

見れば渉さんは私の足元で膝立ちになり、じっと私を見下ろしたままだ。戸惑う私に彼が口をひらく。

「茉白、俺は君が思うような紳士じゃないよ」

その気になれないどころか、会うたびに自分を抑えるのに必死だったと言葉を続ける。

「君は気づいていなかっただろうけれど、君と会うたびに俺は下半身を硬くして、君に触れられたらどんなに気持ちいいかと夢想していた。俺だってただの男だし、小幡と代わりないかもしれないよ。これからする行為で君を怖がらせてしまうかもしれない」

「渉さん……」

彼は口元を歪めると、私に見せつけるかのように自分の屹立を握りしめた。

「それでも俺は……これを茉白の中に挿《い》れたいと思っている。茉白のナカに挿入《はい》りたい」

経験のない私には大丈夫かどうかなんてわからない。けれど自分の気持ちについてはハッキリと答えられる。

私は彼に抱かれたいし、心も身体も繋《つな》がることを望んでいる。

過去の辛《つら》い心の傷も小幡さんに触れられた恐怖でさえも、渉さんと一緒にいれば乗り越えられると思うから。

「渉さん、来て」

私が両手を広げると、彼が大きく目を見開く。私が頷くのを認めた彼が力強く抱きしめてくれる。すかさずキスが降ってきた。

「好きだ……茉白」

「渉さん、大好き」

顔の角度を変えながら長いキスを交わしたあとで、渉さんが再び私の全身を丹念に可愛がってくれた。

彼は火照《ほて》った身体をそろりと離し、サイドテーブルの引き出しから薄い箱を取り出す。私の脚のあいだで膝立ちになると、そのうち一つを開封して装着した。

「挿入るよ」

私の入り口にぴたりと先端があてがわれる。息を詰めた瞬間、熱くて硬い塊が遠慮がちにゆっくりと侵入してきた。先端が入ったところで動きが止まる。

「……っ、キツいな」

丹念にほぐしてくれたからか痛みはさほどないけれど、彼の大きすぎるモノを受け入れるには私のナカは狭すぎるようだ。渉さんが小刻みに腰を揺らすたびに私のナカが拓《ひら》かれていくのがわかる。ミチミチと音を立てるような感覚に、私は固唾《かたず》を呑《の》んでその瞬間を待った。

「……全部挿入った」

トンと最奥に当たった感覚のあとで、渉さんがぎゅっと私を抱きしめる。

「ありがとう」

耳元で感慨深げに囁かれ、私の涙腺が一気に緩む。

「渉さん、嬉しい」

「ああ、俺も。痛みは？」

「大丈夫」

指先で私の目尻の雫《しずく》を拭《ぬぐ》い、彼が「動くよ」と一言だけ告げた。同時に抽送が始まって、私の身体が激しく揺さぶられる。

たった今彼を受け入れたばかりの内壁が、待っていたかのように蠕動《ぜんどう》を開始した。

奥からどんどん蜜が溢れてくる。スムーズになった屹立がグチュグチュと音を立てながら往復する。彼が行き来するたびに私の内側が喜びで蠢《うごめ》き快感を拾う。

「ああっ、気持ちいい。渉さん、気持ちいいい！」

うわごとのように繰り返していると、渉さんが満足げに目を細める。

「スピードを上げるよ」

「ああっ！」

抽送を速められると同時に先端が子宮口にガンガンとぶつかる。強烈な刺激に嬌声をあげた。

ああ、まただ。達するときのあの波がやってくる。

「渉さん、イくっ、イっちゃう！」

耐えきれなくなると思ったその瞬間、いきなり彼が動きを止めた。

——えっ⁉

燻《くすぶ》った火種が燃え上がる直前に放置されたみたいだ。

どうして？　と疑問を口にする前に、渉さんが「まだだよ」と先に声を発する。

「やっと結ばれたんだ。一緒にイかせて」

熱の籠《こ》もった瞳で見つめられ、私のお腹が甘く疼く。

「うん、一緒にイきたい」

その瞬間、彼の分身がグンと勢いを増した。

「あっ！」

「……っは、気持ちいい」

隘路《あいろ》いっぱいに彼で埋め尽くされて満たされる感覚。そうか、ちゃんと渉さんも感じてくれてるんだ。

「よかった、渉さんが私の身体で気持ちよくなってくれて」

「えっ？」

「どうしていつも、そんなに可愛いことを……」

「こんなの……興奮するに決まってるだろ！」

渉さんが出口ギリギリまで漲《みなぎ》りを引き抜くと、今度は勢いよく突き刺してきた。

パンッ！　と乾いた音がして恥骨がぶつかり合い、彼の先端が子宮口を叩《たた》く。

「ああっ！　やぁっ！」

苦しいのに気持ちよくて仕方がない。首を横に振ってイヤイヤをしながらも私は歓喜の声をあげている。彼に必死でしがみつく。

「あっ、駄目っ、気持ちい……イく、イっちゃう！」

「いっぱいイったあとだから子宮口が下がって感じやすくなってるんだ。いつかここに俺のを直接ぶち撒《ま》けたいが……今はまだ、このままで……っ！」

再び腰がぶつけられ、フィニッシュとばかりに激しい抽送が繰り返された。お腹の奥から快感の波が襲ってきた。燻った火種が激しく大きく燃え上がる。今度こそもう限界だ。

「ああっ！　イくっ！」

背中を反らして嬌声をあげると、あとを追うように渉さんが「イくっ」と低い呻《うめ》き声をあげた。私のナカで数回跳ねてから拍動が止まり、彼が私を抱きしめる。

「茉白、ありがとう。愛してる」

「うん、私も……」

——愛している、心から。

そう言いたかったけれど。

激しい疲労感と猛烈な睡魔に襲われた私は、彼の温もりを感じながら安心して意識を手放したのだった。

4、絶対に離したくない　Side渉

ぐっすり眠っている茉白《ましろ》の身体をお湯で温めたタオルで拭《ぬぐ》う。彼女の肌は雪のように真っ白で、豊満な胸とくびれたウエストのラインが美しい。

煽情的な裸体を目の前にしていると、またしても下半身が勃《た》ち上がってきた。しかしここは理性を総動員して我慢する。

「……それにしても、最高だったな」

予期せぬ流れで茉白を抱いてしまったが、本来であればもっとゆっくり時間をかけて、最高のシチュエーションで最高のタイミングでこうなる予定のはずだった。

自分は三十一歳の分別がある大人の男性で、七歳も年下でトラウマのある、ウブで素直な茉白に手を出すのが怖かった。

一度触れてしまえば止まれなくなるに決まっている。茉白を怖がらせて嫌われることを恐れていたのだ。

だからマンションに連れてきたのも想定外、彼女から迫られるのも想定外どころか青天の霹靂《へきれき》とも言える衝撃的な出来事だった。


ついさっきトラウマの元凶と遭遇したばかりの彼女を怯《おび》えさせたくなくて、マンションでは彼女を安心させることに尽力した。

いつか一緒に飲めればと購入しておいたジャスミンの茶葉とティーセットがこんなに早く役立つ日が来るとは思わなかったが、茉白が気に入ってくれたから結果オーライだ。同じく念のためにと避妊具も購入済みだ。

——まあ、そっちはまだしばらく封印したままだろうが……と思いながらも期待していた俺を赦《ゆる》してほしい。

お茶を淹《い》れつつベッドサイドテーブルの引き出しに忍ばせてある薄い箱を思い浮かべたが、ふるふると頭を振って邪念を払う。

小柄な彼女に俺のバスローブは大きくて、布地が余った胸元からは上気した肌がのぞいている。

——駄目《だめ》だ、見てはいけない！

ソファで一人分の間隔をあけ、ティーカップのイチゴ柄をひたすら見つめながら会話を続けた。

それなのに。

『私……渉《わたる》さんにもっと触れてほしいです』

『渉さんに抱いてもらえないのは寂しい』

好きな子にそんなふうに迫られて拒めるはずがない。

理性の糸がプツリと切れて、とうとう茉白を押し倒してしまった。

茉白の身体はどこもかしこも甘ったるくて柔らかい。豊満な胸に顔を埋《うず》めればまるで天国にいるかのような心地で。白い乳房を鷲掴《わしづか》み、口いっぱいに頬張った。マシュマロみたいにふわふわで、このまま口の中で溶けてしまいそうだ。

絹のような滑らかな肌を指でなぞり、全身くまなく舌を這《は》わせて堪能する。

感じたときの猫みたいな啼《な》き声も、トロリと溢《あふ》れる甘い蜜も、すべてが官能的で俺を痺《しび》れさせた。

早く彼女と一つになりたい。けれどまだだ、その前に彼女をもっと気持ちよくしてあげたい。

男性との触れ合いを怖がっていた君を、性の喜びを知らない君を花ひらかせるのは俺でありたいから。

けれど……。

『渉さん、来て』

天使の誘惑を前にして俺はあまりにも無力だった。到底抗《あらが》えるわけもなく、サイドテーブルの引き出しを開けた。

処女の彼女のナカは狭くてキツく、こんなところで俺を受け入れてくれているのかと思うと感動で胸が震える。

茉白にとっては初めての行為。ゆっくり優しくしてやりたい。なのにそう思うほどに俺の分身がグンと硬く大きくなっていく。

『……っは、気持ちいい』

思わず洩《も》れた感嘆の声に、茉白がうっすら目を開けて。

『よかった、渉さんが私の身体で気持ちよくなってくれて』

こんなの止まれるわけがない。

本気の恋とはここまで制御不能になってしまうものなのか。

嬌声《きょうせい》をあげている彼女を最奥までガツガツ穿《うが》つ。俺に上下に揺さぶられながら、茉白が俺の根元を締め付けてくる。吐精感が込み上げてきて、最後は無我夢中でひたすら腰を振り続けていた。

――茉白、俺と一緒にイってくれ！

彼女は初めてだったというのに、俺ときたら拒まれなかったことを言い訳に全力で欲をぶつけてしまった。疲労困憊《こんぱい》で意識を失うのも当然だ。

申し訳なかったとは思うが結ばれたことは後悔していない。

これまで以上に茉白への想いが深まったし、彼女の本心を聞いてやっと本当の恋人らしくなれたのだと思う。

それに……。

――茉白をあんなヤツに奪われなくて本当によかった。

＊　＊　＊

昨日の土曜日、ランチを一緒にとったあと、出勤する茉白を『ショコラ』で降ろした俺は、いったん自分のマンションに帰ってスーツに着替えたあとで本社に向かった。

会社のパソコンで我が社全体の業務の進捗具合を確認しておこうと思ったことと、また茉白と会う時間を作るために少しでも仕事をこなしておきたかったからだ。

休日なのにわざわざスーツを着ていったのは、オフィスで社員に会ったときにあとで『社長代理がだらしない格好をしていた』などと噂話《うわさ》をされないためだ。今は少しの隙も見せたくない。社長室でしばらく書類の確認やサインをしていたが、やるべき作業を終えてしまうと今度は無性に茉白に会いたくなった。

――うん、『ショコラ』に行こう。

会いたいのであればこちらから会いに行けばいいことだ。

幸いにも彼女の職場は接客業。休日が合わないところが不便だが、客になりさえすれば遠慮なく恋人の顔を見に行けるのが最大の利点とも言える。

善は急げとビジネスバッグに自前のパソコンを詰めて『ショコラ』に向かう。

瑠衣子《るいこ》さんには呆《あき》れた顔をされてしまったが、茉白は驚きつつも照れ笑いで迎えてくれた。今日も紺色のエプロンが似合っている。この姿を見られただけでもエネルギーがフルチャージされた。

やはり会いにきて正解だった。

接客中の茉白の姿を遠慮なく堪能できるカウンター席で閉店まで居座り、二人揃《そろ》って店を出た。

想定外だったのがうっかりカウンターにスマホを忘れてしまったことだ。

茉白を階段に残して店に戻ると、心配した瑠衣子さんが『ふれあいルーム』から顔を出した。

「穂高《ほだか》さん、どうしたの？」

「カウンターにスマホを忘れたことを思い出して」

「そう。……穂高さん、茉白をどうかよろしくね。あの子は優しすぎていろいろ我慢しちゃうから、あなたが甘えさせてあげてくれたら嬉《うれ》しいわ」

「はい」

そこで俺は姿勢を正して瑠衣子さんに頭を下げた。

「瑠衣子さん、俺と茉白さんとの交際を認めていただきありがとうございました」

それまで笑顔を浮かべていた瑠衣子さんが神妙な顔つきに変わる。

「正直言うと、不安がないわけじゃないのよ。穂高さんの家柄を考えると、今後茉白が引け目を感じたり苦労したりすることもあると思うから」

だから俺に茉白を守ってほしいと逆に頭を下げられた。

「あの子にはまだ言ってないけれど、私の資産は全部茉白に継がせる気でいるの。あの子には肩身の狭い思いをさせる気はないから、だから……」

「はい、俺が彼女を全力で守ります。誰にも傷つけさせたりしません」

「ありがとう、本当によろしくね」

ようやく安心できたのか、いつもの笑顔を見せてくれた。

お互いの電話番号を交換し、何かあればすぐに連絡すると約束する。

茉白の母親代わりの瑠衣子さんに認めてもらえたことが嬉しくて、浮かれた気持ちで店を出た。

しかし階段で待っているはずの茉白がいない。

――ああ、先に外に出たのか。

そんなふうに軽く考えてビルを出たのだが……そこで俺が目にしたのは、小幡《おばた》に手首を掴《つか》まれている茉白の姿だった。

――どうしてアイツが！

たった今、瑠衣子さんに茉白を守ると誓ったばかりなのに、どうしてこんなことになってるんだ⁉

いや、それより何より……。

――俺の茉白に触るんじゃない！

目の前が怒りの炎で真っ赤に染まり、気づけばソイツの手首を掴んで捻《ひね》り上げていた。

小幡のことは、俺が茉白と付き合い始めた直後に調べてあった。

単純に茉白にちょっかいをかけていた男が気になったということもあるが、茉白から聞いた話でかなり粘着質な印象も受けたからだ。嫌な予感が働いて、念のためにソイツの現状を調べておくことにした。

俺としては本当に『念のため』にしただけのことで、まさか今日こんな形で役立つことになろうとは思ってもいなかったのだが……。

とにかくそのとき得ていた情報のおかげで小幡に脅《おど》しをかけることができた。

俺が学生時代に合気道を習っていたことも幸いした。小学校低学年のとき、学校帰りに身代金目当ての誘拐に遭いかけたことがあり、心配した両親が俺を合気道の教室に通わせたのだ。高校生になる頃には勉強や他の習い事が忙しくなって辞めてしまったが、あのとき基本の護身術を習っていたことを今日ほど感謝したことはない。

「それにしても、小幡があそこまで愚かだったとはな」

ヤツがやっていたことは完全にストーカー行為だ。あのまま警察に突き出してやってもよかったのだが、どうにか堪《こら》えて逃してやった。

一刻も早く茉白をあの場から連れ出したかったからだ。

あれ以上小幡を近くにいさせては駄目《だめ》だと思ったし、恐怖で身体を震わせている彼女に警察で証言させるなんて拷問だと思った。

小幡のことは俺があとから対処すればいい。

アイツはワンマン社長である父親に頭が上がらないと聞いている。虎《とら》の威を借りた狐《きつね》であれば、虎に見張らせておくだけのことだ。

幸いにも俺には外車を何台も所持している知人が多くいるし、そのうちの何人かは『オバタモータース』の顧客でもある。息子の悪事を告げ口するついでに、今後少しでも茉白に近づくことがあれば顧客を失うことになる、と脅しておけば、小幡も大人しくなるだろう。

——それでも、もしもまだ茉白に近づくようであれば……。

俺が全力でアイツを叩《たた》き潰《つぶ》す。己の拳《こぶし》が血に染まり、アイツの顔が原型をとどめなくなるまで殴って殴って殴り続けて地に沈める。

いいや、それだけで済ませるものか。肉体的にダメージを負わせるだけでなく、俺が使えるもののすべてを駆使して社会的にも抹殺してやる。

順風満帆、平穏無事で、『安定』という名の大船に乗った人生。しかし茉白を守るためならば、俺はその船から荒波に飛び込むことも辞さないだろう。


「——だなんて」

自分の内にこんな熱い感情が生まれようとは夢にも思っていなかった。

誰かのためにがむしゃらになることも追いかけることもしてこなかった俺が、今では初恋を知ったばかりの思春期のガキみたいに彼女の言動に一喜一憂している。

「いや、これが俺の初恋なんだろうな」

セックスを終えたあともずっと寝顔を見ていたいとか、ずっとくっついていたいとか。

自分が気持ちよくなるよりも相手を気持ちよくしてあげたいだとか、行為後の身体を綺麗《きれい》にしてあげたいだとか。

そういえば、こんなふうに奉仕するのも初めてのことだ。

「参ったな。好きが抑えられない」

愛ある交わりを終えたあとの満足感が半端ない。

胸がソワソワするしギュンと締め付けられるしで、じっとしてなんかいられない。

今すぐ大声で愛を叫《さけ》びたいくらいだ。

「茉白……ありがとう」

あどけない寝顔をじっくりと堪能してからさくらんぼ色した唇に口づけた。それでも彼女が目を覚まさないのを確認すると、今汗を拭《ぬぐ》ったばかりの胸の谷間に顔を埋めてみる。

マシュマロみたいに柔らかく、一生こうしていたくなる。またもや下半身に血液が集まってきた。

──このまま襲ってしまおうか。

「……って、俺は変態か」

茉白は俺のこんな熱情にも執着にも気づいていない。気づかれることを恐れる一方で、彼女であればこんな俺さえも受け入れてくれるのだろうという確信があった。

「大切にしたいな」

三十一歳にして稲妻のように俺を直撃した本気の恋。

俺の過去の交際の記憶も恋愛観も塗り替えられてしまったように、茉白の悲しい記憶も小幡に植え付けられた恐怖心も俺で上書きできていたらいいな、と思う。

──もうあんなストーカー野郎に手を出させたりするものか。

茉白のことは俺が守る。彼女を手放したくない。いや、手放すことなんてできやしない。

だから……。

「もう茉白を離さない」

5、結婚します

日曜日の午前九時二十分。渋谷《しぶや》の『保護猫カフェ・ショコラ』前のガードレール脇に国産の高級セダンが横付けされる。

「それじゃあ仕事、頑張って。俺もあとで行くから」

「はい。渉《わたる》さんも車の運転気をつけて。行ってきます」

助手席のドアを開けようとしたところで「茉白《ましろ》、待って」と呼び止められる。

「はい？」

振り向いたところを片手で頭を引き寄せられて、チュッと短いキスをされた。

「ちょっ、渉さん！　こんなところで！」

慌てて周囲を見渡してみたが、他人の車の中で起こった一瞬の出来事に注意を向けている人はいないようだ。

「ごめん、怒った？」

「怒ってはいないけど……こんなことをするのはドラマの中だけだと思ってたから」

「ハハッ、俺もこんなことをするのは初めてだ。昨日の今日で浮かれすぎだな。茉白、許して」

キュン！

イケメンがきゅるんとした目で許しを乞《こ》うとか、こんなの許す以外の選択肢があるのだろうか。傾《かし》げた首の絶妙な角度といい、確信犯じゃなければ天然のタラシだ。

「まあ、私も浮かれてますし……おあいこなので、いいですよ」

顔を火照《ほて》らせながらちょっぴり唇を尖《とが》らせてみたら、直後に再び唇を奪われる。

「ちょっと、渉さん！」

「茉白、今のは駄目《だめ》だ。止まらなくなるから早く行って」

「止まら？　えっ、あっ、はい」

彼の勢いに押されてそそくさと車から降りたところで、渉さんが「あっ、それから……」と運転席から身を乗り出してくる。

「今日から敬語は禁止だよ。あと、さっきみたいな可愛《かわい》い顔は俺以外に見せないで」

彼は早口でそれだけ告げると、左右を確認してから発進のウインカーを出す。

「絶対だから！」

そう言い捨てて、走る車の列に合流していった。

私は彼の車を見送ると、出勤時間の七分前に店内に入った。十時の開店に間に合うよう今から急いで準備開始だ。

バックルームのケージから猫ちゃんたちを出している瑠衣子《るいこ》さんに「おはようございます」と一声かけて、隣のスタッフルームに入る。ロッカーを開けてバッグをしまい、エプロンを取り出したところで追いかけるように瑠衣子さんがやって来た。

「茉白、本当に出勤してきて大丈夫なの？」

「うん、怪我《けが》をしたわけではないし、渉さんのところで休ませてもらったから」

「怪我っていうのは身体の表面だけじゃなくて心の傷も含むのよ。それにいきなり一緒に住むとか結婚したいとか、一体どうなってるの？」

瑠衣子さんは胸の前で腕を組んで訝《いぶか》しげな目を向けてくる。これは納得していない顔だ。

――でも、そうなるのも当然か。

今朝早くに目が覚めた私は、いつもより高めの天井と見慣れないベッドで自分が渉さんのマンションにいることを思い出した。全身を覆《おお》う倦怠感《けんたいかん》と下半身の鈍い痛み。そうだ、私はとうとう渉さんと結ばれたんだ。

ブラインドが閉じられた部屋は薄暗い。身じろぎをしたところで隣に横たわっていた渉さんが私の顔を覗《のぞ》き込んできた。

「目が覚めた？　身体の具合はどう？」

彼がベッドサイドライトを点けると、オレンジ色の光で周囲がぼんやりと照らされる。

私はきっちりバスローブを着せられていて、身体の下にはバスタオルが敷かれていた。事後の身体からは汗も血液も綺麗《きれい》さっぱり拭き取られている。

「嘘っ、まさか渉さんが⁉」

「簡単に拭いただけだからシャワーを浴びたほうがいい。いや、ゆっくりお湯に漬かったほうがいいな。手伝うよ」

当たり前かのようにさらっと言われたけれど、明るい場所で彼に身体を洗わせるだなんてとんでもない！

昨夜自分から迫った身で恥ずかしがるのは今更な気もするが、あれはその場の勢いもあったし、身体を拭いてもらったときには意識がなかったのでノーカウントだ。

「えっ、いえ！　大丈夫ですから！」

慌ててベッドから飛び下りるも足腰に力が入らずフラついてしまう。

「ほら、やっぱり」

結局は折衷案として、彼がバスタブにたっぷりの湯を張ってから私をお姫様抱っこで運んで一人で入らせてくれた。よほど心配だったのか、私が湯に漬かっているあいだはすりガラスの向こう側でずっと待機してくれていて。

ガラス越しに見える体育座りの背中から、彼の優しさがひしひしと伝わってくる。

——ああ、すごく大切にしてもらっているな。

言葉でも態度でも全力で愛情を伝えてくれるから、私も彼を一ミリも疑うことなくすべてを委ねることができたのだ。

初めての相手が渉さんでよかったと、勇気を出してよかったと心から思えた。

その時点でまだ朝の四時頃で、しばらくソファでお喋《しゃべ》りをしてから渉さんが用意してくれたトーストと目玉焼きとカフェオレの朝食をいただいた。

今日は初エッチ翌日の日曜日。せっかくなのでゆっくりしたいところだが、残念ながら出勤だ。着替えのために私のアパートまで送ってもらう。

「茉白、一緒に住もう」

着替えを終えて車に戻ったところで突然彼が切り出した。

「えっ、一緒にって、同棲ですか？」

「そう。このアパートは人通りの少ない裏道にあるうえにコーポ型で外から出入りが丸見えだ。

こんな危険な場所に茉白を住ませておきたくない」

「それは……」

大学時代から今まで無事だったのだから大丈夫……と言いたいところだが、外階段で誰でも部屋の前まで簡単に来ることができるし、今どきモニターホンもないことを指摘されてしまえば反論の余地はない。

「それに小幡《おばた》のことだってある。俺のためにもそうしてほしいんだ」

渉さんにあれだけ怯《おび》えていた小幡さんがこれ以上私に付き纏《まと》うとは思えないけれど、ここはたしかに安全だとは言いがたい。正直言うと私自身も一人でいることに恐怖心がある。

——そして何より、私だって渉さんと離れがたくなってしまっている。

「本当に、お言葉に甘えてもいいですか？」

「いいも何も、俺がそうしたいと望んでいる」

善は急げとばかりにその場で身の回りの品をありったけ車に詰め込んで、出勤までに大慌てで彼のマンションに運び込んで。玄関を出ようとしたところで、不意に背後から抱き締められた。

「茉白、結婚しよう」

——えっ⁉

「ごめん、でもやっぱり、同棲だけじゃ嫌なんだ。茉白と人生を共にしたい。その権利がほしいんだ」

耳元で切羽詰まった声音で訴えてくる。

「茉白は？　俺との結婚は考えられない？」

――そんなの私だって……。

私はこれから一生渉さん以外を好きにならないに決まっているし、結婚するなら彼以外に考えられない。

――だから……。

「はい、よろしくお願いします」

くるりと後ろを振り向いて、今度は私から渉さんに抱きついた。

「よかった……」

頭上から安堵《あんど》のため息が降ってくる。

「近いうちに両親に会ってほしい。君を紹介したいんだ」

「だったらその前に瑠衣子さんに話したいです」

「ああ、俺からもちゃんと挨拶《あいさつ》させてほしい」

それから渉さんが瑠衣子さんに電話して、昨夜の事件についてのあらましと私が彼のマンションに引っ越すこと、そして結婚するつもりでいることを伝えた。

どうやら私が知らないあいだに瑠衣子さんと連絡先を交換し、私を守るという約束まで交わしていたらしい。

——だから改めて二人で瑠衣子さんに話すことにしたけれど……。

「——同棲まではわかるけど、一足飛びで結婚って」

「それも含めてちゃんと話すから。あとで渉さんもお店に来てくれるし……」

そのときスタッフルームのドアがひらいて、「おはようございまーす」とバイトの加奈《かな》ちゃんが入ってきた。

私たちも「おはよう」と挨拶を返して会話が中断される。

「さぁ、今日も一日猫ちゃんたちと楽しくお仕事しましょう」

瑠衣子さんがドアに踵《きびす》を返したところで足を止め、私のほうを振り返る。

「帰りにうちにいらっしゃい。渉さんは抜きで」

彼女に似合わぬ低い声で言い残し、お店のほうへと出て行った。

午後八時ぴったりに店を閉め、瑠衣子さんとショコラと一緒にエレベーターで三階に上がる。

——瑠衣子さん、怒ってるな。

お店では普通に接しつつも会話が少なめだったし、私に向ける表情が硬かった。

瑠衣子さんなら祝福してくれるものだと思っていたから、この反応はかなりショックだ。

――そりゃあ展開が急ではあるけれど、交際についてはあんなに喜んでくれていたのに。

しょんぼりしながらかつて半年間お世話になっていたマンションの部屋に入る。勝手知ったるキッチンで二人分のお茶を淹《い》れてダイニングテーブルに運ぶと、瑠衣子さんと向かい合って席についた。

渉さんには【瑠衣子さんと二人で話をすることになりました。終わったら連絡します】とメッセージを送っておいた。彼のマンションはここから車で七分の距離なので、あとから合流してもらうつもりだ。

瑠衣子さんがお茶を一口啜《すす》ってから口をひらく。

「まずはストーカーについて話してもらえる？　今朝の電話では百貨店時代から付き纏われてたって穂高《ほだか》さんが言ってたけど」

テーブルの上で指を組み、私を真っ直ぐ見据えてきた。

中途半端な誤魔化《ごまか》しは効きそうにない。私は覚悟を決めて彼女にすべてを打ち明けた。

小幡という男に交際を迫られていたこと、その父親が百貨店のお得意様だったことから誰も助けてくれなかったこと、最後にはセクハラ行為をされて、それが決め手となって仕事を辞めたこと。
「それからは男性に触れられるのが怖くて恋愛もできなくて。けれど穂高さんは全然違ってい
て」
渉さんは私のペースに合わせて辛抱強く寄り添ってくれた。そんな彼とならば一生を共にで
きると思ったのだ……と私は一気に語って聞かせた。
瑠衣子さんは硬い表情を崩さずに大きなため息を一つ吐《つ》く。
「私が何よりも腹立たしいのはね、あなたが何も相談してくれなかったこと」
仕事を辞めたことも事後報告で、その理由も『人間関係』とだけしか聞かされていなかった
と憤慨する。
「何度でも言うけど、私は茉白のことを自分の娘だと思ってるの。姉から預かった責任もある
けれど、今となってはもうそれだけじゃないの」
生まれたばかりの赤ん坊のときから見守ってきた。オムツを替えたり哺乳瓶でミルクを飲ま
せたりもした。姉夫婦が忙しいときにはマンションで預かってお泊まりさせて、一緒にお風呂
に入って絵本の読み聞かせをして。
『瑠衣子さん、瑠衣子さん』
そう呼んで慕ってくれる姪っ子が可愛くないわけがない……と、最後は唇を震わせた。

「三年前に私が夫を亡くしてからは、女二人で支え合ってきたんじゃないの。そんなあなたが酷《ひど》い目に遭って……なのに一言の相談もないなんて、情けないったらありゃしない」

「瑠衣子さん……」

「どうして打ち明けてくれなかったの？　私はそんなに頼りない？」

瑠衣子さんの眉尻が下がり、声音が湿ったものに変わる。

――ああ、私は最低だ。

母親代わりと言いながら、私は心のどこかで瑠衣子さんに遠慮をしていたのだろう。心配させたくないとか迷惑をかけたくないだとか。勝手な思い込みで秘密を作り、結局は他人である渉さんの口から真実を伝えさせることになってしまった。

「瑠衣子さん、ごめん……ごめんなさい」

私の目にも涙が浮かぶ。申し訳なさに項垂《うなだ》れていると、瑠衣子さんが黙って立ち上がり、そのまま奥の自分の部屋に入ってしまった。

「瑠衣子さん！」

――そんな、まさかこのまま会話が打ち切られてしまうの⁉

絶望的になっていたら、予想に反して瑠衣子さんはすぐに戻ってきた。手にはお歳暮くらいの大きさの箱を持っている。彼女はこちらに歩いてくると、それを私の目の前に置いた。瑠衣子さんが立ったまま蓋《ふた》を開けると、中には書類らしきものが入っている。

「これはマンションの権利書。こっちがうちの店の登記簿謄本ね」

いくつかの重要書類を私の前に並べてから自分は元の席に座り直す。

「これは？」

「私が所有している物件で、いずれあなたが引き継ぐ予定のもの」

——えっ？

困惑する私の前で、瑠衣子さんが書類にバンと手を置いた。

「だって穂高さんのご両親に挨拶しに行くんでしょ？　相手はあの『HODAKAコーポレーション』の社長夫妻なんだから、こっちにだってそれなりの資産があるってところを見せなきゃ舐《な》められるじゃない」

「舐められるって、そんな」

「何を言ってるの、お金目当てだと思われたらアウトなんだからね！」

そう言い切られた。

「でも、瑠衣子さんは私たちの結婚を反対してるんじゃ……」

私の問いに彼女はゆっくりと首を横に振る。

「今日、あなたたちは相談じゃなくて報告をするつもりだったんでしょ？　二人の中ではもう結婚の気持ちが固まっているのに、私が口出しすることないじゃない」

ここでようやく瑠衣子さんが笑顔を浮かべる。

「進展が早すぎるから心配ではあるけれど、反対なんかしないわよ。私だって伊達《だて》に長く客商売をしているわけじゃない。穂高さんが誠実な人だってことも、茉白にゾッコンだってこともちゃんとわかってるから」

「ゾッ⁉　そっ、そんな……ゾッコンなのは、私のほうだし」

「あらあら、仲がよろしくて結構なことで」

瑠衣子さんはニッと白い歯を見せたあとで表情を真剣なものに戻す。

「茉白は本気で穂高さんと結婚したいのね？」

「はい、渉さんと結婚したいです」

「舐められるどころか結婚自体を反対されるかもしれないよ。結婚できたとしてもきっと上流社会で苦労するよ？　それでもいいの？」

「はい。渉さんは私といると癒《い》やされるって言ってくれたの。いつも疲れた顔をしている彼を、これからはすぐそばで支えたい」

彼と一緒に住んで美味《おい》しい料理を作って、健康面でも精神面でも助けになりたい。それに、一緒に住むことになれば彼がわざわざ『ショコラ』に通い詰める必要がなくなる。私を送迎しなくてもいいし、私のために費やしていた時間を彼自身のために使ってもらうことができるのだ。

「私は渉さんに出会って救われたの。私だって彼のためにできることがあると思うし……それに、ただ単純に彼と一緒にいたいから」

最後のほうは語尾を小さくしてモニョモニョと呟《つぶや》く。

話を聞き終えた瑠衣子さんが呆れたようにぷっと吹き出した。

「はいはい、わかった。単純にラブラブの恋愛馬鹿《ばか》ですよってことね。今すぐ穂高さんを呼んでちょうだい。恋愛馬鹿の二人に説教するから」

そんなふうに言いつつも。瑠衣子さんはマンションを訪れた渉さんを私の隣に座らせると、

「茉白をよろしくお願いします」とテーブルに額を擦り付けんばかりにして頭を下げてくれた。

それに対して渉さんが「ありがとうございます！　こちらこそ、これからどうぞよろしくお願いします！」と立ち上がる。

身体を直角に曲げてお辞儀して、「茉白さんを大切にすると誓います！」とハッキリ言い切ってくれた。

「『ショコラ』のオーナーとしては常連さんを失うのが痛いけれど、茉白の叔母としては祝福するしかないわよね」

「いえ、結婚後も俺はここに通い続けますよ！　ショコラたちに会いたいし、茉白さんのエプ

ロン姿が好きなので！」

「それは結構なことだけど……結婚祝いにはエプロンをプレゼントしてあげるから、お店じゃなく家のキッチンでいくらでも堪能してちょうだい」

「ちょ、ちょっと、二人とも何を言ってるの！」

顔を真っ赤にした私を二人が笑い飛ばして。私はそれが嬉《うれ》しくておかしくて、感動しすぎて涙が止まらなくて。

――ああ、幸せだな。

心からそう思えたし、そう思わせてくれた二人には私以上に幸せになってもらいたいと思う。

――そのために一生かけて恩返ししていこう。

そう心の中で誓った。

＊　＊　＊

一週間後の日曜日、渉さんと私は松濤《しょうとう》にある彼の実家を訪れていた。

閑静な高級住宅街にあるグレーの外壁の一戸建て。周囲を高いコンクリート塀でぐるりと囲われており、外からは建物の二階部分がチラリと見える程度だ。その様子がまるで要塞《ようさい》みたいで、『さすが松濤』と感心する。この大きな家にはご両親が二人だけで住んでいるのだという。

三台分のガレージはリモコンゲート。私たちが到着すると、すでにご両親のものであろう有名なドイツ車が二台停まっていた。残り一台分のスペースは一人息子である渉さん用だ。

車を停めてガレージの通用口から塀の内側に出ると、渉さんが私の手を握る。

「手が冷たいね。緊張してる？」

「うん、かなり」

かなりというか、心臓がバクバクしすぎて痛いくらいだ。『口から心臓が飛び出そう』という慣用句は今このときのためにあるのだと思う。

「大丈夫、茉白ならうちの親もきっと気に入るから」

「だといいけれど」

「何かあれば俺がフォローするよ」

渉さんはそう笑顔で頷《うなず》いてみせた。

片手を引かれてレンガ敷きのアプローチを進み、彼が持っている合鍵で玄関のドアを開ける。

建物の中も外観に違《たが》わぬおしゃれさで、白とグレーを基調とした壁の色と調度品のバランスがよく、スタイリッシュさを感じさせる。

旅館みたいな広さの三和土《たたき》に立つと、ほどなく奥から着物姿の女性が歩いてきた。年齢は五十歳半ばくらいだろうか、渉さんに似た上品な顔立ちから彼女が母親であるとすぐにわかる。着物を着ているせいか、凛《りん》とした佇《たたず》まいが『大和撫子《やまとなでしこ》』という雰囲気を醸し出していた。

「母さん、ただいま。こちらが木南《きなみ》茉白さん。電話でも話したけど、彼女と結婚するつもりだから」

──わっ、ここでもう、その話をしちゃうの⁉

「きっ、木南茉白と申します。よろしくお願いいたします！」

私も慌ててお辞儀をする。ドキドキしながら頭を上げると、こちらを見下ろすお母様と目が合った。

「初めまして、渉の母の登世子《とよこ》と申します。渉、早く上がっていただいて」

柔和に微笑《ほほえ》みつつもその目が笑っていないように見えるのは気のせいだろうか。緊張しつつもスリッパに履き替えワックスで艶光《つやびか》りする廊下を歩いた。

「母さん、今日は着物にしたんだね。新しいの？」

空気を軽くするためか、リビングに向かう途中で渉さんがお母様に話しかける。

「江戸小紋《えどこもん》ですよ。自宅とはいえお客様をお迎えするのだから、せめてこれくらいはね」

「そうか、わざわざありがとう」

会話の様子から親子関係は良好らしい。

——それにしても江戸小紋とは？

私が知っている着物なんて夏祭りの浴衣か成人式の振袖くらいなものだ。そもそも正月でもないのに家で着物を着るという文化が自分の中にはない。着物の種類はおろか着付けも知らない自分が恥ずかしく思えた。

——私もきっちりしたスーツとかにすべきだったのかな。

今日の私の服装は桜色したミモレ丈の長袖ワンピース。ウエストをリボンで結ぶタイプでスカート部分がプリーツ仕立てになっている。

瑠衣子さんと一緒にブティックに行って選んでもらったもので、彼女が『これなら好感度が高いはず』と太鼓判を押していた。けれど恋人の親に会うなんて初めての私にはこれが本当に正解なのかがわからない。


通された部屋は中庭に面したＬＤＫで、透明なスライドドアから昼下がりの明るい光が射し込んでいる。チャコールグレーのＬ字型ソファは五人掛けで、その高級感溢《あふ》れる佇まいから『HODAKA Furniture 銀座《ぎんざ》』が扱っている品だろうと推察できた。その前にはソファと同色のローテーブル。斜め横に置かれたロッキングチェアに渉さんのお父様が座っていた。

「やあ、いらっしゃい」

彼は私たちの到着を知ると立ち上がり、白い歯を見せて歩み寄ってきた。

「こんにちは、父親の崇《たかし》です」

整った顔なのは渉さんと同じだが、こちらはどちらかといえば精悍《せいかん》な印象だ。手術後だからか痩《や》せてはいるが、事前に聞いていなければ療養中とはわからなかっただろう。

白い襟シャツに黒のテーパードパンツ。スラリとした体型にサイドで分けたツーブロックの髪型が似合っている。頭に白髪が目立つものの、それが逆にイケオジという雰囲気を醸し出していた。

「父さん、こちらが木南茉白さん。彼女と結婚するつもりでいる」

渉さんがさっきお母様に話したセリフを繰り返すと、お父様は「ああ」と頷いてから私たちに着席するよう促した。五人掛けソファの真ん中に渉さんと私、向かい側にある二人掛けのソファにご両親が腰掛ける。

「木南茉白と申します。本日は療養中のところ、お時間を割いていただきありがとうございます」

お母様のほうに手土産の菓子折りを差し出して、定型どおりの挨拶を告げる。中身は銘店で買ったゼリーの詰め合わせで、これも瑠衣子さんからの『病人でも食べやすいよう喉越しがいいものを』というアドバイスに従ったものだ。

「いやぁ、療養中とは言っても、もう体調的には問題ないんだよ。ずっと忙しくしていたぶん、この機会にのんびりさせてもらっているだけで」

「何言ってるんだよ、母さんから聞いた、傷口が塞《ふさ》がってないんだって？」

渉さんの言葉にお父様がバツの悪そうな顔をした。

「なんだ、知っていたのか。塞がってはいる。少し炎症の引きが遅いだけだ」

糖尿病があるためか縫合部の治りが遅いらしく、今は近所のかかりつけ医に毎日傷口の消毒に来てもらっているそうだ。

「昨日は手術を受けた大学病院の定期受診だったが、そちらでも傷のこと以外は問題ないと言われている」

「だからって無茶をしては困りますよ。ゴルフなんてもってのほかですからね」

お父様はゴルフが趣味なようで、来月末に友人たちとゴルフに行く予定を勝手に入れていたのだとお母様が愚痴《ぐち》りだす。

「ちゃんとキャンセルしたからもう怒るな。退院するときに主治医から三ヶ月もしたら運動できると言われたから大丈夫だと思ったんだ」

会話に出てきたゴルフメンバーの中には、私でも知っている会社社長や芸能人の名前もあった。ここでも住んでいる世界の違いを実感する。

「ところで、茉白さん」

ぼんやりと話に聞き入っていた私にお父様が話しかけた。

「渉から大体の話は聞いているよ。まだ二十四歳だそうだが、こんなに早く結婚を決めてしまってもいいのかい？」

——えっ。

「ご存じのとおり、うちは会社を経営していて付き合いも多い。妻になる人にもそれなりの苦労をしてもらうことになるが、その覚悟はあるのかな」

「父さん、いきなりそんな質問をしないでくれよ。茉白が尻込みしてしまう」

声を低めた渉さんに、お父様が苦笑いしつつ私を見た。

「たしかにこれは不躾《ぶしつけ》な質問だったね。渉が家に恋人を連れて来たのが初めてだったものだから、つい前のめりになってしまった」

「いえ、大丈夫です」

お父様は笑顔を浮かべているけれど、本音では私たちの結婚をどう思っているのだろう。お父様の質問が肯定的な意味なのか反対してのことなのかがわからないままに、私は必死で答えを考える。

「……おっしゃるとおり私はまだ社会経験が浅いですが、全力で渉さんを支えるつもりでいます。知らないことばかりですのでこれから学ばせていただければと思います」

冷や汗をかきながら精いっぱいの返答をすると、お父様は「うん、そうか」と穏やかな表情で頷いてくれた。

「渉は三十一にもなるのに結婚する気配がなかったものだから、自分が生きているうちに孫の顔を見られないかと思っていたよ」

「父さん、それも先走りすぎだ。孫がどうとかプレッシャーをかけないでくれ」

質問がストレートではあるけれど、渉さんに嗜《たしな》められて「まあ、そうだな」とやり取りしている様子は平和的だ。突然の結婚宣言についても怒っている様子は見られない。最初の不穏なスタートは気のせいだったような気がしてきた。

――もしかしたら、私が想像していたよりも好意的に受け止めてくれてるのかも。

お父様が「それじゃあ」と腕組みしてから隣のお母様に話題を振る。

「登世子、君から何か聞きたいことは？」

「そうですね、私は……」

お母様は私にチラリと視線をよこしてからお父様に向かって話しかけた。

「茉白さんはお仕事をしていらっしゃるんでしょう？　ちゃんと家庭に入って渉を支えていただけるのかしら」

「それはまぁ気になるところだが、仕事のことは子供ができてからおいおい考えればいいだろう」

「あなたは孫の顔を見たいとかおっしゃいますけど、物事には順序というものがあるでしょう？　結婚前に男性の家に転がり込むのはどうかと思いますよ。まだ若いのにすでに転職されているようですし」

我慢がないのが心配だ……と続く。二人の会話に渉さんが割って入る。

「母さん、その言い方は彼女に失礼だ。同棲したいと頼んだのは俺のほうだし、それに俺は身の回りの世話や跡継ぎのために彼女と結婚するわけじゃないから」

渉さんの反論にお母様が顔を険しくした。

「私は渉のお嫁さんには家庭を第一に考えてほしいの。それができる素敵《すてき》なお嬢様方との縁談がいくつも来ているっていうのに、どうして……」

「母さん、そういうことを彼女の前で言わないでくれ！」

「言いたくもなりますよ。久しぶりに連絡をしてきたかと思えばいきなり結婚だなんて」

声を荒らげる渉さんをお母様が真っ直ぐに見つめ返す。

——どうしよう、私のことで揉《も》めてしまっている。

渉さんが私のことを庇《かば》うたびに険悪さが増していく。

お母様の言うとおりだ。渉さんの選んだ相手が私でなければ、こんな口論になったりもしなかっただろうに。

――私が何か言うべきなのかな。けれど何をどう言えばいい？

親子の会話に口を挟んでいいものなのかもわからずに申し訳なさばかりが募っていく。けれど続くお母様の言葉に私は耳を疑った。

「身内の会社をたまに手伝う程度ならともかく、カフェで朝から晩まで働くとか。そういう方《かた》と結婚して、世間の皆様に渉が妻を養えないような夫だと思われたら困りますよ。まぁ、お金をアテにされるのも、それはそれで困りものですけど」

「いい加減にしてくれよ！」

私の隣でバンッ！　と乾いた音がして、渉さんがテーブルを叩《たた》くのが見えた。

「母さん、それは茉白に対して失礼だ！　今すぐ彼女に謝ってくれ。それにさっきから二人して何だよ。今日は結婚の話を聞いてくれるって言うから茉白を連れてきたのに、これじゃあ吊《つ》るし上げじゃないか！」

「渉さん、待って」

彼が前のめりに腰を浮かせたところで、私が渉さんの袖を掴《つか》んで引き止めた。

彼を諌めるわけじゃない。ただ私が自分の言葉で気持ちを伝えたかったのだ。

だってここまで言われてしまっては、さすがに黙ってなんていられない。

「私に話させて」

私のために怒ってくれている渉さんのためにも、応援してくれている瑠衣子さんのためにも、そして何より自分自身のためにも私の口からはっきり訂正しておくべきだと思った。

「……お母様がおっしゃることはごもっともだと思います。家柄の違いがありますし、私に両親がいないことを懸念されているのかもしれません。ですが私は自分で収入を得ていますし、多くはないですがちゃんと貯金もしています。叔母からは経営しているお店も含めすべての資産を譲ると言われていますので、金銭面でこちらにご負担をかけることは絶対にありません」

　一週間前に瑠衣子さんから言われた言葉を思い出す。

『こっちにだってそれなりの資産があるってところを見せなきゃ舐められるじゃない』、『お金目当てだと思われたらアウトなんだからね！』

　――あのときは、まさか本当にこの話をすることになるとは思っていなかったけれど。

　初めて会う人とお金の話題になるとは思えなかったし、ましてや財産の説明をするなんてあり得ないと思っていた。けれど結局こうなっているのだから、瑠衣子さんのアドバイスは正しかったということなのだろう。

『舐められるどころか結婚自体を反対されるかもしれないよ。結婚できたとしてもきっと上流社会で苦労するよ？　それでもいいの？』

——瑠衣子さん、心配してくれたのにごめんなさい。それでも私は……。

「私は両親を亡くして辛《つら》かった時期も前の職場を退職したときも、叔母のお店で働くことで救われました。仕事は可能な限り続けるつもりでいます。ですが……」

——それでも渉さんと一緒にいたいから。

「彼のために誠心誠意尽くすつもりでおりますので、どうかご指導いただければと思います」

ソファから立ち上がって頭を下げると、なぜか渉さんまで立ち上がる。

「茉白、君が頭を下げることなんてない。俺たちの結婚に親は関係ないんだから」

私の肩に手を置いて、険しい表情でご両親を見下ろした。

「自分の幸せが何かは俺自身が一番わかっている。俺の考える幸せは茉白がいなければ成立しないし、彼女がいてくれるから頑張れるんだ。それが許されないというのであれば、すぐにでも縁を切るなりクビにするなりすればいい」

——そんな……！

「渉さん、それは駄目《だめ》」

「いいんだ、茉白、帰ろう」

動揺する私の手首を掴《つか》んでその場を去ろうとする。

「まあ待て、誰も結婚を許さないとは言ってない」

ここでさっきまで静観していたお父様が口をひらいた。渉さんと私にソファに座るよう促すと、こちらに向かって頭を下げる。

「いや、申し訳なかったね。まだ嫁に来てもらってもいないのにあれこれ口を出しすぎた。登世子、君も茉白さんに謝りなさい」

「……そうですね、少々言いすぎました。……どうも申し訳ございません」

「いいえ、私のほうこそ」

お母様に頭を下げられ私も慌ててお辞儀した。それを待ってお父様が会話を再開する。

「さっきも言ったが、私たちは渉が結婚する気になってくれて喜ばしいと思っているんだ」

自分がこんな状態になって渉に負担をかけている。どうか支えてやってほしいと私を見つめた。

「はい、もちろんです」

「登世子、それでいいね？」

「……あなたがそれでいいのなら」

お父様に水を向けられて、お母様が渋々という感じで頷いた。

「ありがとう。それじゃあ近いうちに籍を入れさせてもらう」

そこから渉さんとお父様を中心に話が進められ、まずは先に入籍を済ませ、お父様の体調が整うのを待って披露宴を行うことでまとまった。

「渉、そこまで言い切ったからには家庭も仕事も両立させろ。結婚した途端に腑抜《ふぬ》けになったとなれば彼女の立場も悪くなる」

「わかっている」

こうして円満とはいえないながらもどうにか結婚を許可されたのだった。

「――じゃあ茉白、帰ろうか」

「あら、食事はしていかないの？」

お母様の問いに渉さんが首を横に振る。

「そんな空気じゃないだろ。俺は母さんが茉白に言ったことは許してないから」

「渉さん、私は大丈夫だから」

「いや、行こう」

彼に手を引かれてドアまで歩きだしたとき。

「だからおまえは視座が低いと言ってるんだ」

お父様の低い声が飛んできた。

――えっ⁉

私たちが足を止めて振り返ると、お父様は胸の前で腕を組み、厳しい表情で渉さんを見据えている。

「母さんの気持ちも考えろ。会社のことを思えばパートナー選びが大切なことくらいわかるだろう。なのにおまえは電話で私たちに『結婚を許さなければ絶縁も転職も辞さない』などとほざいたな。そんな考え方で会社を引っ張っていけると思っているのか」

──渉さんが、そんなことを⁉

「だから俺は、家や会社のために結婚するんじゃないと言っている」

「そういう青臭いところがトップになりきれない所以《ゆえん》だな。おまえは何をするにも甘いんだ。仕事に対する情熱が徹底的に足りていない。聞いているぞ、いまだ渋谷《しぶや》の店舗については意見が割れているそうじゃないか」

「それは……」

「偉そうな口を叩くなら、言葉じゃなくて行動で示してみろ」

「……わかってるよ」

私の手を握る渉さんの手にぎゅっと力が籠《こ》もる。その手が震えていると気づいた瞬間、私の中で何かが切れた。

「渉さんは十分に努力をしていると思います！」

突然の大声にご両親が目を丸くする。隣にいる渉さんも息を呑《の》んで私を見つめた。

「彼は昼も夜も、休日も平日も関係なく、頑張って仕事をしています」

渉さんと出会ったときには疲労困憊《こんぱい》で目の下の隈《くま》が酷《ひど》かったこと。自分が転職したのはストーカー被害に遭ったからで、彼がそのトラウマから救ってくれたこと。休日デートのあとも渉さんが会社に戻って仕事をしていたこと、お酒が苦手なのに接待に付き合っていたことなどを次々と語って聞かせた。

手足が震えて声が裏返っている。頭の中が真っ白で、自分が何を口走っているのかもわからなくなってきた。

けれど……。

――渉さんに守られているだけの私じゃ嫌だ。

さっきまでの弱い私のままじゃ、ご両親どころか私自身も自分のことを認めてあげられない。

だから。

「わ、渉さんは、私の恩人です。一生をかけて恩返ししていくつもりでいます。彼が大切に思っているご家族や会社のことを私も大切にしたいと思っていて……なのに、そんな言い方あんまりです！　お父様が渉さんのことを認めないというのなら、私が渉さんを認めます！　私が彼を大切にしますから！」

茫然《ぼうぜん》としているご両親をそのままに、「渉さん、行きましょう」と今度は私が手を引いて家を出た。心臓をバクバクさせたまま興奮状態で車に乗り込む。シートベルトを締めたところで我にかえって泣きたくなった。

——ああ、やってしまった。

渉さんを宥《なだ》めるどころか自分が爆発してしまった。これではご両親に認めてもらえないのも当然だ。今頃になって反省したってもう遅い。

申し訳なさに項垂《うなだ》れつつ運転席の渉さんを覗《のぞ》き見る。彼は唇を噛み締めて、張り詰めた表情のままでエンジンをかけた。このまま家に帰るかと思ったら、なぜか渉さんはマンションとは違う方角にハンドルを切った。

「少し寄り道してもいい？」

「うん」

「今日は一緒に来てくれてありがとう。それから……嫌な思いをさせてごめん」

ハンドルを握りながらチラリと私に向ける視線は悲しげだ。

彼もわかっているのだ、ご両親から結婚を許されたものの、心から歓迎されているわけではないということを。最悪の形で家を後にしてしまったことを。

私自身、ご両親、特にお母様からの印象がよくないことをひしひしと感じてしまった。覚悟はしていたものの、実際目の当たりにすると落胆が激しい。

――けれどそれでも仕方がない。

家柄や育ってきた環境の違い云々《うんぬん》の前に、ご両親が息子にそれなりの相手をと望むのは当然のことだろう。

それともう一つ、渉さんが会社で苦労していることも窺《うかが》い知れた。

そこになんの利益ももたらさないであろう私との結婚話だ、ご両親の落胆は相当なものだったんじゃないだろうか。

「……ご両親の気持ちは理解できるし、結婚自体を許されないことも覚悟していたから。私のほうこそ暴走しちゃってごめんなさい」

親子のやり取りから、渉さんが今日の対面のために心を砕いてくれていたのは十分伝わってきた。そのおかげで強行突破などという最悪の結果になることは避《さ》けられたのだ。

仕方なくという空気だったことは否めないが、それでも一緒にいることを許された。それだけでも良しとしなくては。

「うん、渉さんと一緒にいられるなら嬉しいな」

それきりお互い無口になって、眩《まぶ》しい夕日を浴びながら車窓の景色を眺《なが》めていた。

私たちを乗せた車は首都高速を走り、二十五分ほどかけて品川埠頭《しながわふとう》に到着した。北端のスペースに車を停めると目の前にレインボーブリッジが見える。高層ビルが立ち並ぶ臨海都市と、それを背景に横たわる雄大な吊《つ》り橋のコントラストが美しい。

すべてが日没直前のオレンジ色に包まれて幻想的な空間を作り出していた。

そんな景色をフロントガラス越しに眺めながら、渉さんが口をひらく。

「俺に幻滅した？」

「えっ、どうして？」

彼はハンドルに両腕を置いて半分顔を埋《うず》めつつ、こちらにチロリと視線を向ける。

「茉白は俺がこんなに頼りないとは知らなかっただろう？　七つ年上で包容力があって、いつだって余裕のある大人の男性と付き合っていたはずなのに……って、がっかりさせてしまったよな」

「がっかりなんてするはずない！」

反射的に大声を出していた。

「私は渉さんに頼りたくて好きになったわけじゃない。『ショコラ』での店員への丁寧な態度とか、猫たちに向ける優しい眼差《まなざ》しとか、そういう『いいな』が積み重なって、気づいたら惹《ひ》かれていたんだから」

そりゃあ最初は綺麗な顔とか落ち着いた雰囲気に目を奪われた部分はあったと思う。けれど、疲れ切った姿や居眠りしてしまう様子を見て、むしろ『可愛《かわい》いな』とか『私が癒《い》やしてあげたいな』なんて思うようになって。

「……母性本能がくすぐられたというか、抱きしめてあげたい衝動に駆られたというか。だから、私が渉さんのどこを好きになったとか勝手に決めつけないでほしい」

「茉白……」

私が一気に捲《まく》し立てると、渉さんが目を大きく見開いてハンドルから頭を起こした。

「私の渉さんに対する『好き』を舐めないでくださいよ。そりゃあ年下だし頼りないとは思うけど、私だって渉さんを守りたいんだから」

言っているうちに感情が昂《たかぶ》って、どんどん涙が溢《あふ》れてくる。

ああ嫌だ、守りたいと言っているそばから泣きたくなんかないのに。私だって強くなりたいのに。

けれど松濤の家でのご両親とのやり取りとか、彼らの言葉に傷ついた表情を見せていた渉さんとか、それらに上手《うま》く対処できなかった無知で無力な自分とか。

いろんなことが頭の中に押し寄せて、どうにも抑えきれなくなってしまったのだ。

「でも、私が不甲斐《ふがい》ないから渉さんにそう思わせてしまったんだよね」

手の甲でグイと涙を拭って渉さんを見ると、彼の瞳も潤んでいる。頬を震わせながら、それでも決して泣くまいと耐えている様子に胸が締め付けられた。

「渉さんだって甘えていいのに……」

私は思わず両手を伸ばし、彼の頭を抱き寄せる。胸元で彼のくぐもった声がした。

「ふっ……母性本能がくすぐられたの？」

「そう、くすぐられたの」

「茉白は優しいな」

「誰にでも優しいわけじゃない。私たちは夫婦になるんでしょ？　夫になる人の力になりたいと思うのは当然だし」

悩みがあるなら打ち明けてほしいし、疲れたときは癒やしてあげたいと思う。私が正直な気持ちを告げると、彼はゆっくりと私の胸から上体を起こした。

「……そうだな、茉白の言うとおりだ。奥さんには俺のことを全部知ってもらわなきゃ」

自分に言い聞かせるように頷くと、「茉白、聞いてくれるかな」と私を真っ直ぐ見つめてきた。

――そんなのもちろん。

私だって彼の話を聞きたいし、胸にわだかまっているものがあれば全部隠さず打ち明けてほしい。だから……。

「うん、聞かせてほしい」

そう告げて、私も彼を見つめ返した。

6、悩める神童　Ｓｉｄｅ渉

父が心筋梗塞で倒れた。昨年十二月中旬のことだ。

会社全体に睨《にら》みを利かせていたワンマン社長の不在は、社員たちの動揺を誘うのに十分な大事件で。

混乱した会社をまとめるべく緊急で招集された役員会議。そこで満場一致で社長代行に選出されたのが、専務取締役であり社長の一人息子である俺だった。

幼い頃から見知っている役員メンバーを前に「恐縮です」と謙遜してみせたものの、本心では『俺なら社長の代理を十分に果たせるはずだ』と考えていた。

昔から成績優秀で大抵のことは上手《うま》くこなすことができた。人をまとめることや交渉には自信があったし、実際『HODAKA Furniture 銀座《ぎんざ》』本店での修業時代は営業成績一位で表彰もされている。

——よし、俺が父さんの代わりに会社を盛り立ててみせる！

そう意気込んで、社長代行としての仕事を開始した。

俺は父が倒れる少し前の昨年秋から新規事業の立ち上げに着手していた。

俺が企画していたのはカジュアル志向のショールーム『ＨＣＦ渋谷《しぶや》（HODAKA Casual Furniture 渋谷）』で、一人暮らしを始めたばかりの若者やヤングファミリー層、いわゆるＹ世代、Ｚ世代と呼ばれる人々をターゲットにしたものだ。

これまで取り扱ってきた品よりも価格設定を抑えた家具や雑貨を取り扱うことで、市場のニーズに広く応える作戦だった。

このショールームの目玉となるのは店内に配置するタッチパネルだ。ソファやテーブルなど店内の各セクションごとに、家具のシミュレーションができるタッチパネルを設置する。

お客様はパネルの画面にタッチして部屋のサイズや壁紙の色を選択。メニュー画面から好きな家具を選ぶと３Ｄ画像が画面上に現れる。それを指で動かして好きな場所に配置し、部屋のコーディネートを疑似体験できるというものだ。

実際の家具を目の前にして肌触りや使い心地を試しつつ、それが自分の部屋にジャストフィットするかどうかを画面上で確認できる。これならコンピューターやゲームとの親和性が高いＹ、Ｚ世代に刺さるに違いない。

「円安が続き海外からの移住者も増えている昨今、高級品だけに絞った勝負では企業の成長に限界があると考えます。この新システムを導入することで必ずや新しい顧客の獲得に繋《つな》がるでしょう」

このときの企画会議では俺のプレゼン内容に対する反応が大きく二つに分かれた。

新しくカジュアル路線も開拓すべきという俺をはじめとした若手メンバーと、伝統を重んじて高級感重視の方針を堅持すべきという古参メンバー。

「うちは高級感を売りに長年やってきたんだよ？　従来の顧客とブランドイメージを大切にすべきじゃないのか？」

「だから新しいブランドを立ち上げて、違うアプローチから販路拡大を狙うということなのでは？」

「うちは一人一人のお客様に寄り添って、丁寧に商品説明をしていくことをモットーにしているはずだ。機械任せにするのはいかがなものか」

「タッチパネルを導入することで販売員の手間が省かれる。そのぶん説明を必要とするお客様に時間を割けるようになります」

賛成意見と反対意見が拮抗《きっこう》したものの、最終的には社長である父がGOサインを出した。それで話し合いはまとまったはずだったのだが……。

社長代行となった俺が「よし」と張り切ったところに冷や水を浴びせてきたのは、常務を筆頭とした古参の社員たちだ。俺が進めようとしていた新事業にストップをかけてきた。

曰《いわ》く、社長が倒れて大変な時期に冒険をするのは危険なのではないか。社長の復帰を待ってからでも遅くはないだろう……と。

彼らがそう言い出すであろうことは父が倒れたときから予想できたことだった。

役員に収まっている古参連中は信頼のおける優秀な部下だ。しかし愛社精神がある一方で大きな変化を好まない。

それでも俺なら皆を説得できると自負していたし、最終的には俺を信じて任せてもらえるものだと思っていたのだが……それどころか場の空気が悪くなるばかり。

──社長という重石が外れた途端にこの有り様か。

そのときになってようやくわかった。彼らが忠誠を誓っているのは俺の父である二代目社長と会社であって、決して俺ではないことを。

いつまでたっても俺は『社長の息子』で『おぼっちゃま』で、社長の後ろ盾があってこその専務という立ち位置で。

社長の代理としては受け入れたものの、あくまでも一時的な緊急措置。俺自身の実力は認めていないということなのだろう。

実際、企画に賛同していたメンバーの中でさえ、俺の手腕を不安視する声が上がっているのも知っている。

その昔『神童』と呼ばれていようが学生時代に優秀であろうが、社会に出れば意味を成さないことなのだ。

――けれど俺だって簡単に諦められないんだ。

今回の事業は俺が一から進めてきたものだ。銀座の店舗で販売に携わっていたとき、店内に足を踏み入れた途端にラグジュアリー感満載な雰囲気に気圧《けお》されてそそくさと店を出て行く若い客を何人も見てきた。

こうして取りこぼした客たちを引き留めるにはどうすればいいかと、当時からずっと考え構想を練っていた。

本社に移って専務になり、自力で会議を通した新事業。すでに店舗となる物件は確保したし、国内外の若手家具アーティストにも声をかけている。

「ここで中止だなんてあり得ない」

必死に説得を試みたものの役員たちの反応は消極的で。

「まあまあ、渉くん、ここは落ち着いて」と俺を宥《なだ》める口調の端々に『今は余計なことをしてくれるな』という心の声が透けていた。

――やはり俺では舐《な》められてしまうのか。

父はその昔、かなりワンマンだったと聞いている。圧倒的な行動力とカリスマ性で半ば強引に事業を推し進め、業界大手と呼ばれる今の規模まで会社を引き上げた。

だったら俺にもそれだけの押しの強さが必要なんじゃないのか？　社長が倒れた今、社員の不安を払拭《ふっしょく》するためには新規事業を成功させて、俺の実力を見せつけるしかないんじゃないのか？

――ニコニコと愛想がいいだけの若社長じゃ誰もついてきてくれないんだ。

「『ＨＣＦ渋谷』は企画会議を通過して社長からも許可を得ている事業です。私の責任においてこのまま進めさせていただきます」

最後にそう宣言した俺にこれ以上は何を言っても無駄《むだ》だと悟ったのだろう。

「……わかりました。い、い、い、い、社長代理の責任でどうぞお進めください」

お手並み拝見とばかりに告げられた。きっと『この若造が勝手なことを』とでも思っているのに違いない。

俺のほうも意見を押し通した手前、失敗することは許されない。絶対に成功させると言い切って事業継続に舵《かじ》を切った。

実家で療養中の父親に経過報告をすると、開口一番『視座が低いな』と言われてしまった。

「おまえは『社長代行』という役職ばかりに囚《とら》われて視野が狭くなっているんだ。頭がいいのは認めるが、それと社長としての能力は別物だ。おまえには社員を上手く動かす能力が圧倒的に足りない。おまえ自身が情熱を持って打ち込んで、周囲をその熱に巻き込んでみろ」

学生相手の生徒会長とは違うのだ。年上のベテラン社員を相手にどう動くべきかを考えろ……と嗜《たしな》められた。

「事業は俺がGOサインを出している。やれと言ったからにはおまえに任せるが、もう少し上手く立ち回れ」

――だったらどうすればいいっていうんだ。

俺がまだ経験不足なのも三十一歳という年齢なのもどうしようもないし、だからといって役員たちの顔色を窺《うかが》ってばかりいれば社長代行の意味がない。

だから俺は自らが先頭に立って動くことにした。

『HODAKAコーポレーション』社長代理として会社全体の指揮をとる一方で、新店舗となる物件にせっせと足を運び、デザイナーや内装業者と打ち合わせを重ねた。

取引先との会食にも積極的に顔を出して信頼構築に努め、夜遅くにマンションに帰ってからは関係業者や部下からのメールに目を通して返信する。

ベッドに入ってからも事業のことを考えていたら、なかなか寝つくことができなかった。

忙しい日々が続く中で徐々に疲労が蓄積されていき、心身ともに余裕がなくなってきて。

そんなときに『保護猫カフェ・ショコラ』で運命の出会いを果たし、俺は猫と茉白《ましろ》によって心も身体も救われたのだ。

＊　＊　＊

「――これでわかっただろう？　俺は本当はちっぽけな人間で、たぶん茉白が思っているほど優秀でもない」

好きな女性の前で虚勢を張って、必死で格好をつけていただけなのだ……と恥を覚悟で打ち明けた。

「父が言っていたとおりなんだ。俺は昔から何をするにも広く浅くで必死になることがなくて。茉白に出会うまではこんなに熱くなることもなかった」

仕事にはそれなりに情熱を傾けていたつもりでいたが、心のどこかで『これだけできていればいいだろう』と舐めていたところもあったのだと思う。

経験値の浅いひよっこのくせにそれを弁《わきま》えもせず、いきなり鼻をへし折られることになったのだ。

「こんなことを誰かに打ち明けたのは初めてだ。しかも彼女に弱音を吐《は》くなんて」

俺は茉白がか弱い守るべき存在だと思っていて、だから悩みを相談したり愚痴《ぐち》ったりするなんて情けないことはできないと思っていたのだ。

シートに深くもたれかかってため息をつく俺を、茉白はなぜかクスッと笑ってみせた。

「それじゃあ、渉《わたる》さんのほうこそ私に幻滅したんじゃないの？」

「幻滅なんてあり得ない！　どうしてそんなことを言うんだ」

思わず身体を起こした俺に茉白が言葉を続ける。

「だって私は結構気が強いよ。ついさっきお母様たちに反論しちゃったくらいだし。それに渉さんにさんざん頼りまくってたくせに、今度は『頼りたくない』なんて自分勝手な主張をしているし」

今日だけでも嫌なところをたくさん見せてしまっている。幻滅されても仕方がない……と彼女は肩をすくめた。

「私は天使でも女神でもないし、渉さんが思うほどいい子じゃないよ。それでも、私のことを好きでいてくれる？」

「当然だろう！」

そんなの言うまでもないことだが、彼女に気持ちを疑われたくないので全力で肯定した。

『私が渉さんを認めます！　私が彼を大切にしますから！』

あの言葉がどれほど胸に響いたか、どれだけ俺を救ってくれたかを、自分でも驚くほどの大声で力説していた。

「そっか……それじゃあ、お互いさまだね」

茉白がふふっと目を細める。

そうか、お互いさまなのか。たしかに俺は茉白が気が強かろうが反論しようがずっと好きでいる自信があるけれど。

だって彼女が発する言葉すべてに意味がある。怒っているときも拗《す》ねているときも、その根本には愛があることが明白だ。

だから茉白と一緒にいると俺まで優しさに包み込まれている気持ちになれるのだ。

――けれど、茉白もそう思ってくれているのなら……。

茉白も俺との時間に安らぎを感じてくれているのであれば、俺も少しは自分自身を認めてやってもいいのかもしれない。彼女に愛されている自信を持ってもいいのかもしれない。

そんなことを考えていると、またしても茉白が話題を変えた。

「あっ、そういえば、渉さんが家に連れてきた恋人は私が初めてだったんだね。お母様たちの前だったから、ニヤつくのを我慢するのが大変だった」

――ああ、そうか。

これでわかった。茉白はさっきから重い空気を変えようとしてくれているのだ。

ことさら同情するでも叱《しか》るでもなく、押し付けがましくならないよう自然に俺を慰《なぐさ》めてくれている。

――ほら、やっぱり女神じゃないか。

やはり彼女の言葉には優しさが溢《あふ》れている。そんな最高の女性を嫌いになんてなるわけがない。

「……ああ、結婚を意識したのも親に紹介したのも茉白だけだ」

「それで、許してくれなきゃ縁を切るとか言っちゃったんだ」

「それは……そう言えば反対できないとわかったうえで予防線を張らせてもらった」

茉白との結婚は絶対に譲れない。ズルいやり方だとは思ったが、茉白を親と合わせる前に説得を済ませておきたかった。

「それでも結局あんなことになってしまったけれど」

ごめん、と苦笑する俺に、茉白はゆっくり首を横に振る。

「私はとても嬉しかったよ」

「あんな失礼なことを言われても？」

「失礼だとは思わない。親として当然の心配だと思うから。私だって失礼なことを言ったと思うし、どうしても黙っていられない気持ちは理解できる」

ふわりと優しく微笑《ほほえ》まれ、自分が選んだのが彼女でよかったと心底思う。

——いや、彼女が俺を選んでくれたことが奇跡なんだ。

人生にはいくつもの分かれ道があって、そのたびに迷いながらどちらかを選んでいくのだろう。けれど確実にわかっていることは、いついかなるときでも、俺が進む道には必ず茉白がいるということだ。

「俺の未来も幸福も、茉白なしではあり得ない。そのことだけはわかっていてほしい。茉白、結婚しよう」

「えっ、さらっと二回目のプロポーズ？」

「この前のは気持ちの確認のプロポーズで、今のは確約のプロポーズ。明日にでも入籍しないか？　いや、入籍しよう」

「ふふっ、確約なんだ。……でも、はい。よろしくお願いします」

どちらともなく近づいて、自然に唇が重なった。チュッと短い音を立てて一旦離れて見つめ合う。

「これからの人生でも、何かを捨てたり諦めたりしなくてはならないだろう。けれど茉白、君だけは絶対に手放さない。何があっても逃さないから覚悟して」

茉白の頭と背中に腕をまわし、再び唇を押しつけた。腕に力を込めると茉白も俺に抱きついてくる。固く抱きしめ合いながら、顔の向きを何度も変えて唇を貪《むさぼ》り合う。ピチャピチャと湿った音が車内に響き渡った。

俺が舌先で茉白の舌の裏筋をくすぐってやると、彼女が「んっ」と可愛く鼻を鳴らす。下半身が熱を持ち、堪《たま》らなくなった俺はさらに口づけを激しくした。

スラックスの布地の下で俺の屹立《きつりつ》が存在を強く主張し始める。キツくて痛くて仕方がない。

茉白の息も荒くなってきた。薄目を開けて見ると彼女がとろんとした表情で自ら積極的に舌を絡めている。

――こんなの、我慢できるか！

激情に駆られた俺は茉白のシートを後ろに倒す。

「キャッ！」

茉白に覆《おお》い被《かぶ》さり唇を塞《ふさ》ぎつつ、片手で彼女のスカートを捲《めく》る。ストッキング越しに割れ目をなぞるとソコはしっとりと湿っていた。

「あっ、こんなところで……っ」

「暗くて見えやしないよ。それにどうせ他の車も同じようなことをしている」

週末のこんな時間に夜景を見にくるのはカップルばかりだ。皆が申し合わせたかのように適度な間隔を空けて車を止めている。他人に気を取られている暇もないだろう。

「ただ茉白を気持ちよくするだけだから。もうこんなに濡《ぬ》らしてるのに放っておくなんてできないよ」

薄いベージュのナイロン生地の上から蕾《つぼみ》を指でグリグリと押した。

「あんっ、あっ」

しばらく捏《こ》ねているとぷっくりと硬く膨れてくる。

「ココが痼《しこ》ってきた。感じてるの？」

「うん、感じて、る」

「ふっ、腰が揺れてる。茉白もいやらしくなったね。直接触ってほしい？」

布越しの接触が焦《じ》れったい。早く触れたいし掻《か》き混ぜたい。

期待を込めた問いかけに茉白は一瞬戸惑う様子を見せたものの、結局コクリと頷《うなず》いた。

俺は待ってましたとばかりにストッキングのウエスト部分から片手を突っ込む。

「もうトロトロだ。どれだけ期待してたの」

茉白の蜜壺はすでにたくさんの液を溢《あふ》れさせている。俺が中指を挿《さ》し入れると、もっともっとと誘うかのようにヒクついて締め付けた。ズブと奥まで突っ込んで隘路《あいろ》をぐるりと指の腹で撫《な》でてやる。

「あっ……んっ、ふ……っ」

茉白が片手で口元を覆い、必死で声を殺している。

「茉白、ちょっとくらいの声じゃ外に聞こえないよ」

「でも……恥ずかしいよ」

頬を紅潮させて目を潤ませて、腰を小刻みに跳ねさせている。感じているくせに我慢している様子に嗜虐心《しぎゃくしん》が煽《あお》られた。

俺は茉白の手をどけてシートに縫い留めると、「大丈夫、俺が塞ぐから思い切りイって」と濡れた唇に口づけた。

指を二本に増やして抽送を開始する。指の腹が敏感な部分を通過するたびに重なった唇のあいだでくぐもった啼《な》き声が洩《も》れる。

興奮した俺はカチカチになった屹立を茉白の脇腹のあたりに押し付けながら、指のスピードをアップした。内壁を猛スピードで擦り続けると、茉白の腰の揺れも大きくなっていく。

「んっ、やっ……イく……っ！」

塞いだ口元で嬌声《きょうせい》を発した直後、茉白の蜜口がキュッと窄《すぼ》む。指を根元からキツく締め付けられたことで、俺は彼女が達したのだとわかった。しばらくそのままじっとして、彼女が弛緩するのを待って指を抜く。

「気持ちよかった？」

「……うん」

「それじゃあ、腰を浮かして」

「えっ？」

俺はストッキングのウエスト部分に手をかけて、ショーツごと足首まで引き下ろす。右の脚だけ抜いてやると茉白の左足首のあたりに布地の塊ができた。俺は茉白の股をひらいて中心に顔を埋める。

「えっ、嘘《うそ》っ！　もう駄目《だめ》っ……あっ！」

茉白が俺の頭を押して抵抗してきたものの、それを無視して蜜壺にむしゃぶりついた。わざと大きな音を立てて愛液を啜《すす》り、片手で剥《む》き出しの蕾《つぼみ》をクニクニと弄《いじ》る。蕾がぷっくりと膨み赤くなった頃には茉白の声が甘ったるいものに変わっていた。

「あっ、あんっ……気持ちい……」

「いっぱい舐めてあげるからクリでもイっていいよ」

舌先で蕾の輪郭をなぞり先端を突つく。ピクピクと喜んでいるソコを唇で挟んでチュッと吸い上げてやった。茉白が自ら脚をひらいて快感を求めだす。俺は期待に応えるべく口淫《こういん》を激しくした。

「あっ、いい、ああ……っ」

茉白が俺の髪を掴《つか》んでわしゃわしゃと掻き乱す。腰も太腿《ふともも》も震えて限界がすぐそこまできているのだとわかる。

茉白を快《よ》くしてあげたい、何度だってイかせたい。それだけしか考えられなくなって無我夢中で蕾を攻め続けた。

「やっ、もう駄目っ！　またイっちゃう、からぁ！」

蜜を啜り蕾を高速で舐め続けていると、茉白が嬌声をあげながら背中を反らせる。しばらくするとぐったりとシートに背中を沈め、大きく息を吐いた。ここで俺のなけなしの理性が目を覚ます。

――駄目《だめ》だ、さすがにここでこれ以上は。

ここまででもかなり強引なことをしてしまっている。これ以上続ければ茉白にまた変なトラウマを植え付けてしまうかもしれない。

我に返った俺は未練を断ち切り身体を離した。

「ごめん、こんなところでサカったりして」

俺はティッシュで茉白の下半身を拭いてからショーツを穿《は》かせ、脱げたストッキングを丸めて足元に置いた。シートを元のポジションに戻してあげたところで茉白が両手で顔を覆う。

「もうやだ、こんなところで恥ずかしいよ。もうお嫁に行けない」

「ごめん、本当に。でも、茉白は俺がお嫁さんにもらうから」

「そういうことじゃなくて……」

肩を落として反省している俺に、茉白がチロリと視線を向ける。

「あのね、私の『いや』は本当に嫌なんじゃないからね」

「えっ？」

「恥ずかしかったけれど、べつに嫌ではなかったし……その、ちゃんと気持ちよかったから」

顔を真っ赤にしながらも、必死に気持ちを伝えてくれた。その姿が尊すぎて心臓がギュンとなる。

「茉白！」

嬉しさのあまり抱きつこうとしたところで、予想外のセリフが耳に飛び込んでくる。

「ねえ渉さん、私が咥《くわ》えてみてもいい？」

——はぁ⁉

空耳だろうかと思いつつ、念のため聞き返してみた。

「今、もしかして咥えるって言った？　咥えるって……何を？」

「その……渉さんの、を？」

どうやらさっきのは空耳ではなかったようだ。俺が目を見開いてぽかんとしていると、「駄目かなぁ」と追い打ちをかけてくる。

これでは天使どころか堕天使だ。

「ちょ、ちょっと待って。そんなのどこで覚えてきたんだ」

「インターネット？　いつも渉さんに任せっきりなうえに先に寝ちゃうから、これじゃ駄目だと思って勉強したの」

茉白と初めて結ばれてから今日までの八日間、すでに何度か……というか、ほぼほぼ毎日のように抱いている。

行為のあとは茉白が疲れて寝てしまうのが常だが、俺はそんなことを気にしてはいないし、そんなふうになっても毎晩のように相手をしてくれることに感謝しているくらいだ。

けれども茉白的には不満らしい。

「そろそろ慣れてもいいはずなのに、私は相変わらずベッドで横になっているだけで。いつも渉さんにトロトロになるまで気持ちよくされてるけれど、渉さんは満足できてないんじゃないかな、って」

インターネットの記事には【女性からも積極的に動くべき。お互いに気持ちよくなってこそのセックスだ】などと、もっともらしく書かれていたらしい。

「私だって渉さんに気持ちよくなってほしい。実践は初めてだから満足させられるか自信がないけれど、経験を重ねることが上達の早道だと思うの。まずはトライさせてみてほしいんだけど……駄目？」

――駄目？　……って……。

俺が片手で口を覆って黙り込むと、茉白が「ごめんなさい、もしかして引いちゃった？」と不安げな顔になる。

「そんなの引くはずないだろう！」

けれど……。

「……茉白、シートベルトをして」

「えっ？」

これが本当ならば記念すべき出来事だ。だったら落ち着いた場所でゆっくりと堪能したい。

――茉白の、初フェラ……。

考えただけで下半身が勢いを増す。

俺はすぐさま車のエンジンをかけると、猛スピードで埠頭《ふとう》をあとにしたのだった。

マンションに帰ってすぐに茉白を全裸に剥《む》いてバスルームに連れ込む。

本来なら泡まみれになってイチャイチャしたいところだが、今日に限ってはそんな余裕は微《み》塵《じん》もない。

俺は茉白の身体を手早くシャワーで洗ってから自らの身体も洗い流し、バスタブの縁に腰掛けた。

「茉白、舐めて」

「……はい」

茉白は俺の前にぺたんと座り込むと、完勃ちしている俺の漲《みなぎ》りをじっと見つめる。唾をごくりと呑み込んでからそっと両手で握り込んだ。彼女の手の中で漲りがピクンと跳ねる。

「うっ」

「大丈夫？」

「大丈夫だ。感じてるだけだから続けて」

好きな女性に触れられると、こんなにも敏感になるものなのか。

先端にチュッとキスされただけですぐに先走りが滲《にじ》んできた。その汁を舌先で掬《すく》われると背筋を電気みたいな快感が走る。

「は……っ」

思わず吐息を洩らした俺を茉白が不安げに見上げてきた。

「ちゃんと気持ちいいから大丈夫。これは茉白のモノなんだ。好きにしていいんだよ」

「私の……」

茉白は嬉しげに目を細め、俺の屹立に頬ずりする。愛おしそうに撫《な》でたあと、今度は裏筋を根元からゆっくりと舐め上げた。カリの窪《くぼ》みを舌でなぞったと思うと最後にパクンと先端を口に含む。同時に興奮で重みを増した双玉を手でやわやわと揉《も》み始めた。

「うあっ！」

——なんだこれ、気持ちよすぎる！

インターネットで勉強したと言っていたが、初めてでこれは上手すぎじゃないだろうか。頑張り屋にも程がある。

いや、違う。正直言えば動き自体はぎこちないしテクニックだって拙《つたな》いものだ。

しかしそれ以上に茉白が俺のを咥えているという事実が俺を異様な興奮状態に駆り立てているのだ。

「渉さんの、太くて長い」

「顎が辛《つら》いだろう。無理に咥えなくていいから、できるところまでで止めていい」

俺の言葉に茉白が小さく首を振る。咥えたままで「嫌だ」とくぐもった声で応え、さらに深く俺のを呑み込んだ。途端にピュッと先走りが飛んだ。

——茉白が俺のを……。

小さな口で咥えているさまはそれだけでも視覚的に刺激が強く、すぐにでも達してしまいそうになる。

それ以上に彼女がここまで頑張ってくれているのだと思うと感動で胸が震えて仕方がない。

身体だけじゃない、心が繋《つな》がるとここまで気持ちよくなれるのだということを、俺は茉白とのセックスで知ったのだ。

もうイキそうだ。でももう少しだけ長く味わっていたい。俺はグッと下腹部に力を込めて吐精感に耐えた。

茉白が顔を前後に動かし刺激を与えてくる。彼女の口に俺のモノが出入りする様子は淫《みだ》らで卑猥《ひわい》だ。しかし同時に必死な様子がけなげで尊くも見える。

——俺のためにこんなに一生懸命になって……。

「は……っ、茉白、気持ちいいよ」

吐息を洩らしながら彼女の髪を撫でたところで茉白がチロリと俺を見上げる。

「いっ《イ》へ《って》」

「茉白……っ！」

その途端、愛おしさと気持ちよさが爆発し、俺は「うっ」と呻《うめ》き声をあげて背中を反らせた。

直後に迸《ほとばし》った白濁液を茉白が口内で受け止める。コクンと喉が動くのが見えた。

「茉白、まさか全部飲み干したのか⁉　気持ち悪くなってないか？」

「大丈夫。男の人はこうされると嬉しいんでしょ？」

茉白が口元を拭いながら「どうだった？」と不安げに問いかけてくる。

そのいじらしさが泣きたいほど嬉しくて、俺はバスタブの縁から腰を浮かせて目の前の茉白に抱きついた。

「嬉しいよ、最高だ。でも俺のために無理なんてしなくていい。俺の前ではそんなに頑張らなくてもいいから！」

早くに親を亡くして頑張ってきた君に、『ショコラ』以外にも安らぎの場を作ってあげたい。

お店と猫と瑠衣子《るいこ》さん、君を支えてきたそれらの中に、これからは俺も加えてほしい。

──いや、違う。

「俺が茉白の安らぎの場になりたい。一番近くで癒《い》やしてあげたいんだ」

無理も我慢もさせたくないし、俺の顔色を窺《うかが》うこともしなくていい。

そう告げた俺に茉白はふるりと首を横に振った。

「無理なんてしていない。私がそうしたかったんだし……私の手と口で渉さんがイくところを見れて、嬉しかったし」

そのとき俺は、茉白が太腿を擦り合わせてもじもじさせていることに気づいた。

――あっ。

「俺のを咥えてたら、それだけじゃ物足りなくなった？」

意地悪く目を細めて問いかけると、予想に反して茉白が素直に頷いた。

「……うん。なんだかお腹が切なくて……渉さんと早く繋がりたい。駄目？」

そんなことを言われて理性を保てるわけがない。さっき果てたばかりの屹立があっという間に勃ち上がる。

「駄目なわけがあるか！」

半分怒鳴るように言い捨てて、俺は茉白を抱き上げる。足でドアを蹴るようにしてバスルームから出ると、茉白をお姫様抱っこしたまま寝室に運び込んだ。

「茉白、四つ這《ば》いになって」

そう言い捨ててサイドテーブルの引き出しに手を伸ばす。避妊具を手にして振り返ると、そこには顔を真っ赤にしながらもシーツに手と膝をついている淫らな茉白の姿があった。

俺はごくりと生唾を呑《の》み込んで彼女の後方にまわる。白くて丸い尻たぶを両手で鷲掴《わしづか》むと目の前でふるりと揺れた。

——これは……堪《たま》らないな。

俺の漲りは血管を浮かせてバキバキに勃ち上がっている。忙《せわ》しなく避妊具を装着すると、大きな丸みの下方にある蜜壺に己の先端を充てがった。

——いや、ちょっと待て。

興奮した脳の片隅でほんの少しの理性が働く。

ここで焦《あせ》って茉白を傷つけたくはない。彼女にとって初めてのバック。性急に事を進めて痛がらせたり怖がらせたりするようなことがあってはならないのだ。

「茉白、バックから挿《い》れさせてほしい。その前にいつもみたいに指でほぐすけど、見えないのが怖かったら言って」

できるだけ優しい口調で声をかけたのだが……。

「大丈夫」

「えっ？」

「ほぐさなくても濡《ぬ》れてるから……渉さん、早く来て」

顔だけ俺を振り返り、潤んだ瞳で懇願された。

こんなのもう、一秒だって待てるはずがない。

「くそっ、最高だ！」

怒張した屹立を握りしめ、茉白の蜜口に挿《さ》し込んだ。彼女の細い腰を両手で抱え、連続で最奥まで叩《たた》き込む。

「ああっ、あーっ、すごい……っ！」

茉白の嬌声と肉がぶつかる音が重なって、寝室中に響き渡った。抽送を繰り返すうちに茉白の声が甘ったるくなる。枕に顔を埋めてお尻を高く突き出して、猫みたいに細い声をあげている。

淫らでエロくて最高だ。

「茉白、本当にいやらしいな。ついこの前まで処女だったのにな」

「んっ、あっ、いいっ。渉さん、気持ちい……」

茉白は快感を追うことに夢中になっているらしく、ひたすら尻を振り、声をあげ続けている。

俺が最奥を抉《えぐ》ってやると、背中を反らせて喜んだ。気をよくした俺がカリで快《い》いところを引っ掻《か》いてやると、さらに仰《の》け反ってヨがる。嗜虐心に煽られた俺は同じところを執拗《しつよう》に攻め続けた。

「あっ、そこは駄目っ、おかしくなっちゃう！　もう駄目だからぁ！」

茉白が腰を捻《ひね》って苦しがる。どんなに泣こうが喚《わめ》こうがもう遅い。煽ったのは君のほうだ、一緒にイくまで止まらない。腰を掴んで揺さぶって、本能の赴くままに愛欲をぶつけた。

「あっ……あっ、もう……っ」

茉白が太腿に力を入れて動きを止めた。内壁が蠢《うごめ》き俺の屹立を器用に扱《しご》く。俺ももう限界だ。

「茉白、イけよ」

俺の合図を待っていたかのように茉白が嬌声《きょうせい》をあげた。蜜口が俺の根元を締め付ける。

「俺も……出るっ！」

次の瞬間、俺も精を発散し、二人で同時に果てたのだった。


「――ベッドをキングサイズに買い換えようかと思うんだ」

明け方近く、目覚めたばかりの茉白を胸に抱き寄せながら呟《つぶや》いた。

彼女は激しい行為を終えた直後に意識を失ってしまったが、俺はまったく寝る気になれず、彼女の身体を拭いてから寝顔を眺《なが》めて起きていた。

茉白がしてくれた行為や痴態《ちたい》を反芻《はんすう》しながら幸福を噛《か》み締めていたため、眠るどころではなかった、というのが本当のところだが。

茉白が瞼《まぶた》を擦りながら寝ぼけまなこで口をひらく。

「でも、このベッドはクイーンサイズだから結構大きいよね」

彼女が胸から顔を上げて俺を見た。

「私は今のままでも満足だけど。やっぱり二人だと狭くて眠れない？　私がくっつきすぎ？」

「いや、むしろくっつきたいし、茉白がいてくれたほうが安眠できる」

けれど、セックスのときに激しく動きたいしいろんな体位を試してみたいからスプリングのいいマットに買い換えたいんだ……とは言わずに「せっかく結婚するんだし新品のほうがいいだろう？」と微笑んでみせた。

素直な茉白は「そっか、今度お店に行ってみる？　新しく買い直すならちゃんと見て決めたいし」と頷いている。

「家具選びって本当に難しいよね。ショールームではちょうどいいサイズに見えていても、実際に自分の部屋に入れてみたら大きすぎて部屋が狭くなっちゃったりもするし」

「サイズもそうだが、今ある家具とのコーディネートも大事だしな……あっ、ちょっと待ってて」

俺はふと思い立ち、裸の身体にバスローブを羽織って自分の書斎へと向かう。机の上から仕事用のノートパソコンを手に取ると、それを持って寝室に戻った。

ベッドのヘッドボードに背中を預けて座ると茉白も俺に倣《なら》って身体を起こし、横からパソコン画面を覗き込む。

「それは？」

「昨夜話してた、家具のシミュレーションシステムの試作品。まだ調整中なんだけど……ちょっと試してみる？　意見ももらえたら嬉しい」

茉白のほうに画面を向けてやると彼女は興味津々で目を輝かせる。

「まずは部屋のサイズを選んでみて。この右上のアイコンをクリック」

「わぁ、ゲームみたい、面白そう！」

さすがZ世代。俺がさわり部分を説明しただけで、あっという間に操作方法を理解してしまった。あとは勝手に家具を入れ替えて無邪気にはしゃいでいる。

「どう？　実際に使ってみて」

「めちゃくちゃ楽しい！　それにどんな部屋になるかがイメージしやすくていいと思う」

「そう言ってもらえてよかったよ。これを新しいショールームの目玉にしたいんだ」

『ＨＣＦ渋谷』はカジュアルさが売りだ。しかし家具や雑貨を安く売るだけの店ならそこらじゅうに溢れている。何か目新しいものがなければ、流行に敏感な若者を惹《ひ》きつけることはできないと考えた。

「なるほど、『映《ば》え』は大事だもんね」

「そう。茉白もカフェやレストランに行くとよく写真を撮ってるだろう？　商売をするならSNSで話題にしたくなるかどうかも意識すべきポイントだと思うんだ」

オンライン上で仮想の空間に理想の街や建物を築くようなゲームも流行《はや》っている。画面上で好みの部屋をデザインできるシステムは、新店舗が狙っている客層と親和性があるに違いない。

「さっき茉白がゲームみたいだって言ってくれただろう？　俺の狙いもまさしくそこなんだ」

俺の意見に茉白も深く頷き同意してくれた。

「これはワクワクするし絶対にいいと思う。こんなアイデアを思いつくなんて、渉さん、すごい！」

「じつをいえば、似たようなサービスを取り入れている店はすでにあるんだ。けれど各コーナーに配置しているところはまだないんじゃないかな」

銀座の店舗ではカウンセリングルームのコンピューターで似たようなサービスを行っている。しかしあくまでスタッフ主導の提案。アドバイザーがお客様の要望を元にコンピューターに打ち込んで『これでいかがでしょうか』と平面的な見本を見せるだけ。

「銀座店の顧客は高齢の富裕層がメインだ。どちらかといえばスタッフに相談しながらじっくり決めたいタイプが多い」

そもそも新しい機械に疎《うと》くて使いこなせない人が大半だ。だからそちらは従来のやり方が正解なのだろう。

「けれど若い世代は、スタッフにあれこれ話しかけられるのをウザがる人も多いだろう？　タッチパネルの扱いにも慣れているから、ゲーム感覚で楽しんでくれると思うんだ。今の茉白みたいに」

「たしかに」

茉白は画面の選択メニューをスワイプしながら何かを探しているようだ。しばらくすると画面から指を離して俺に顔を向ける。

「ねえ、これにはペット用の家具は入ってないの？」

「ペット用？」

「……というか、正確にはペットを飼っている家庭向けの家具」

茉白によると、犬や猫などを飼っている家庭では家具選びを慎重に行う必要があるのだという。

「動物はマーキングをするし、噛《か》んだり爪研ぎしたりがあるから、家具の素材には気を遣うの」

「そういえば俺もネクタイに飛び掛かられたことがあったな」

「そう、それ！　瑠衣子さんは初代ショコラにソファをボロボロにされて、すぐに買い換えたって言ってた。今は木製フレームにフェイクレザー生地のソファを使ってる」

爪が引っ掛かりにくい素材かどうかや洗濯への耐久性なども重要なので、ペットがいても大丈夫そうな家具を求めて店内をぐるぐるまわるのだ……と茉白が語る。

「たしかにペットがいるといろいろ大変そうだな」

——ん、待てよ？

そこまで話したところで朧《おぼろ》げながらもアイデアのカケラが閃《ひらめ》いた。

「茉白、俺にペットのことを教えてくれないか？　例えば『ショコラ』で使っている家具の種類や、配置で気を使っていることとか。さっき話していたみたいに瑠衣子さんの家で工夫していることでもいい。……ちょっとパソコンを借りるよ」

俺は茉白からパソコンを返してもらうといくつかの検索キーを打ち込んでいく。

「やはりそうだ。現在ペットを飼っている人は日本国内の人口の27％近く。ペットも家族同様に室内で放し飼いにする人がほとんどで、そのための家具もこれからさらに需要があるはずだ」

適した家具を見つけ出すのが大変。ペットを飼っている人にとっては当たり前のことが、その経験のない俺にはまったく思い浮かばなかった。

「ありがとう、茉白。思い切って打ち明けてよかったよ。俺がこんなふうに相談できるのも弱音を吐けるのも茉白だけだ」

「そっか、少しでも役に立てたなら嬉しい」

茉白は顔を綻《ほころ》ばせたが、すぐに表情を戻して首を傾《かし》げた。

「だけど……ねぇ、どうして会社の人たちには弱音を吐いちゃいけないの？」

——えっ？

「私に話してくれたみたいに、『俺だっていきなり社長代理になって困っているんだ、皆の力が必要なんだ』……って言っちゃ駄目なの？　だって部下だけど経験豊富な年上の人もいるんでしょう？」

頼って相談すれば親身になってもらえるのでは？　と曇りなき眼《まなこ》で問いかけられた。

「それは……社長代理が堂々としていないと社員を動揺させてしまうだろうし」

「そっか、たしかに社長が倒れたあとで代理がうじうじしてたら不安になっちゃうか。でも、私だったらまったく頼られないのは寂しいかも……って、これは瑠衣子さんからの受け売りだけど」

茉白は両親を亡くしたときに瑠衣子さんの支えによって救われた。それでもストーカー被害についてては打ち明けられず、瑠衣子さんはそのことをあとで知り、とても嘆いていたという。

「今なら瑠衣子さんの気持ちがよくわかる。私は渉さんから悩みを打ち明けられて嬉しかったから」

年下の自分を信用してくれた、だったら彼のために何かしてあげたい、協力したい……と思えたのだと。

「渉さんは言いたくないことだったかもしれないけれど、私は聞けてよかったよ。もしも渉さんが何も言ってくれなければ疑心暗鬼になってたと思う」

悩みがあるなら言葉にしなくてはわからない。黙っていても察してほしい、理解しろだなんて、部下の人たちには酷《こく》だと思う……とストレートに言われてしまった。

素直な茉白らしい率直な意見だと思う。真っ直ぐな言葉ゆえに俺の胸にグサリと刺さり、『あぁ、痛いところを突かれたな』とも思った。

茉白が言うとおり、素直に頼ればきっと皆が手を差し伸べてくれる。けれど『頼りないな』、『やはり社長がいなくては』とも思うだろう。

俺はそれが怖かった。見くびられるのを避《さ》けたくて、自分の能力を過信して……頼ることを避け続けた結果、自ら壁を作ってしまったのだ。

「茉白はすごいな。俺なんかより、よほど考え方が柔軟だ」

変なプライドや嫌味がなくて、気持ちを素直に伝えることができる。だから皆から可愛がられているのだろう。

——まぁ、俺のためにと真っ直ぐに考えた結果がフェラだったというのが彼女らしいというか……。

物思いに耽《ふけ》った俺を落ち込んでいるとでも思ったのだろう。茉白が慌ててフォローを入れた。

「なんて、偉そうなことを言ったけど、私は渉さんのことを尊敬しているよ。きっと部下の皆さんを安心させるために堂々として見せてたんだよね。弱音を吐かず頑張ってきたんだよね。そういうところ、素敵だなって思う」

——ああ、やっぱりいいな。

俺のために本心からの助言をくれて、相手が落ち込んだと見ると今度は早口で一生懸命に励まそうとしてくれる。そんな彼女が心から愛しいと思える。

「今だってそう。渉さんはこうしてちゃんと仕事に情熱を持っているじゃない。ただ、その熱意がお父様にも部下の皆さんにも伝わっていないだけのことで。渉さんが誠心誠意気持ちを訴えたら、皆をその熱に巻き込むことができるんじゃないのかな」

「……茉白、ありがとう」

俺はパソコンを閉じるとサイドテーブルに置いて、茉白の肩を抱き寄せる。

「俺がやるべきことが見えてきた気がするよ。ありがとう茉白、絶対に結婚しような」

「ふふっ、また言ってる。プロポーズしすぎ」

「何度だって言いたいんだ。この素敵な女性が俺のものだって。どんな壁にぶつかろうが疲れていようが、茉白がいてくれさえすれば俺は頑張れる」

おでこをコツンとぶつけると、茉白がはにかみながら頷いた。

「もしも落ち込むことがあれば、いつでも『ショコラ』に来て。猫ちゃんたちと一緒に全力でおもてなしするから」

「『ショコラ』もいいけど、俺はやっぱり家がいいな。これからはずっと、茉白が待っていてくれるんだろう？」

「うん、待ってるし慰める。いっぱい甘やかしてあげるから……お仕事、頑張って。それと、身体を大事にしてね」

「応援してる」と頬に短くキスされて、なんだか勇気が湧いてきた。

「勝利の女神のキスだ、きっと御利益があるな」

「それって『神さま仏さま』だから神社とお寺じゃないの？　女神もアリ？」

「ありあり。俺にとって茉白は尊い存在だから、そういう垣根を越えている」

俺の言葉に茉白が「ふふっ、意味がわからない」と肩をすくめてみせた。

「いいんだ、とにかく俺は茉白にたくさん救われたんだから」

自分が頑張らなければとがむしゃらになって肩肘張って、周囲を見渡す余裕を失っていた。

これでは視野が狭いと言われるのも当然だ。

——それを茉白が気づかせてくれたんだな。

「ありがとう、茉白。今日はたくさんヒントをもらえた。これから少しアイデアを練ってみるよ。まだ夜明け前だ、茉白はもう少し休むといい」

「私も起きて朝食の準備をする。無理はしないでね」

「ああ、またあとで」

——大丈夫、俺には勝利の女神がついている。

茉白の頭を引き寄せてキスをすれば充電完了。

俺は満たされた気持ちで書斎に向かったのだった。

＊＊＊

翌日の昼休み。俺と茉白は『ショコラ』で瑠衣子さんから婚姻届の証人欄に署名をもらってから、もう一人の証人となってくれる男の職場へと向かった。そいつは俺の大学時代からの親友でベンチャー企業の社長。小幡によるストーカー事件の際には『オバタモータース』の顧客として俺に情報提供をしてくれた恩人でもある。

「加納《かのう》、今日は時間を作ってくれてありがとう。こちらが俺の妻になる木南茉白さんだ」

「木南茉白です、このたびは婚姻届の証人を引き受けてくださりありがとうございました」

西新宿《にししんじゅく》のビル街を見下ろすことができる社長室で、二人揃《そろ》って頭を下げた。

俺の隣で緊張した様子の茉白に、加納が目を細める。

「こんにちは、加納凌真《りょうま》です。噂《うわさ》どおり可愛い人だね」

「おい、いきなり人の奥さんを口説くなよ」

「まだ人妻になっちゃいないし口説いてもいない」

凌真は経済学部の同期の中でも俺とトップ争いをしていた優秀な男だ。中性的で綺麗《きれい》な顔立ちをしているものだから、寄ってくる女性があとを絶たない。

学生時代にはお互い顔を見合わせて『モテすぎるのも辛《つら》いな』としょっちゅう語り合っていたものだ。……と言えば嫌味かと叱《しか》られるかもしれないが、俺たちは本気で真剣にそう思っていたのだ。

——俺は適当に躱《かわ》していたけれど、こいつは相手をしてしまうからな。

フェミニストだか何だか知らないが、女性には優しく接するべきと相手をしてしまうものだから、凌真の周囲には変に勘違いした『自称彼女』が常にうろついていた。

いつか刺されないかと心配になるが、今もこうして元気にピンピンしているので、そのあたりは上手《うま》くやっているのだろう。

——これでチャラくさえなければいい男なんだがな。

しかし俺の大切な茉白がチャラ男の毒牙にかかることは絶対に避《さ》けたいので釘《くぎ》を刺しておく。

「茉白、こいつは人たらしで口が上手いから気をつけるように」

「おいおい、これから証人になってもらう人物にそれはないだろ。とりあえず口を閉じて座ってくれ」

応接セットのソファに座った途端に茉白が「ふふっ」と笑う。

「とても仲がいいんですね。こんな素敵《すてき》な方に証人になっていただけて嬉しいです」

「ほら渉、彼女のほうが俺の魅力をわかってくれているぞ」

ふふんと誇《ほこ》らしげに胸を張る。

たしかにこいつはいい奴だ。だからこそ証人を頼んだのではあるが、茉白の歓心を買っているのが気に入らない。早々に立ち去るべきと判断し、俺は目の前のローテーブルに婚姻届をひらいて置いた。

「それじゃあ、ここに署名を頼む」

「はいはい、そんなに急ぐなよ」

胸ポケットから万年筆を取り出しながら、凌真が茉白に目を向ける。

「渉が嫉妬するところを見たのは初めてです。これだけでも証人を引き受けた甲斐《かい》があった」

「ちょっ、おまえ！」

俺が止める間も与えず、凌真が言葉を続ける。

「容姿端麗な大会社の御曹司で、憎らしいほど何でもさらりとこなしてしまう超人で。俺はずっと渉のことを、一生誰かから求められ続ける側の人間だと思っていたんですが……」

「おい凌真、それ以上言うと……」

このままだと何を言い出すかわからない。これは本気で止めようと口をひらいたとき。

「そんな男が唯一本気で求めたのが、茉白さん、あなただったんですね」

サラサラと証人欄に名を書くと、万年筆を胸ポケットに挿して立ち上がる。

「親友としてお礼を言わせてください。茉白さん、渉を選んでくれてありがとう。こいつをよろしくお願いします」

最後に「本日はおめでとうございます」とこちらに向かって頭を下げた。

――凌真……。

いつも軽口を言い合っていた親友の祝福の言葉に、瞼《まぶた》の裏が熱くなる。隣を見ると、茉白の瞳も潤んでいた。見つめ合い、二人揃って立ち上がる。

「凌真、ありがとう」

「加納さん、こちらこそ本当にありがとうございます」

それぞれ凌真と握手を交わし、テーブルの上の婚姻届を受け取り部屋を出る。凌真に見送られながらエレベーターに乗った。

扉が閉まるとどちらともなく自然に指を絡め合う。

「加納さんって素敵な人だね」

「ああ、そうだな」

「親友を紹介してくれて、ありがとうね」

「ああ、大切な親友だ。茉白に会わせることができてよかったよ」

ここまでくると嫉妬は微塵《みじん》もなくなって、ただただ凌真への感謝の気持ちが募る。

そうか、あいつは俺をそんなふうに見ていたんだな。そして親友として茉白の素晴らしさを理解して、心から祝福してくれたのだ。

それが本当に嬉しい。

——そして何より……。

今これから向かう先のことを考えると、期待と興奮で胸が躍った。

——やっと……やっとだ。

これでとうとう証人欄が埋まった。あとはこの書類を提出しさえすれば、俺と茉白は晴れて夫婦となれるのだ。

これは茉白と俺を結ぶ契約というだけでなく、俺自身への誓いの証でもある。

――これからは俺が、誰よりも一番近くで茉白を守る。

彼女の一生を抱える権利を得ることができた。その喜びと感動と、『夫』という立場の重みをぐっと噛《か》み締める。知らずに握る手に力が籠《こ》もった。

俺が茉白を選んだことを誰にも後悔させたりしない。相手が茉白でよかったと両親にも部下にも言わせてみせる。そう心の中で呟《つぶや》いた。


そのまま区役所へと向かい、婚姻届を提出した。

「――ご結婚おめでとうございます。今日は【未来を強くする日】なんですよ」

職員の言葉に俺と茉白は顔を見合わせる。なんでも今日、三月二十四日は生命保険相互会社が定めた記念日なのだそうだ。

ただの語呂合わせではあるのだろうが、茉白は顔をぱあっと明るくして俺を見上げる。

「すごい！　私たちの門出に相応《ふさわ》しいと思わない？」

「本当だ」

俺としてはそれよりも茉白が喜んでくれていることのほうが嬉しいけれど。

「渉さん、一緒に未来を強くしていきましょうね」

花が綻ぶように微笑みかける新妻に、俺も満面の笑みを返した。

「そうだね奥さん、俺たち二人で一緒に」

そして入籍から二週間後の月曜日。今日は午後から本社の会議室で渋谷《しぶや》の新店舗についての会議が行われることになっていた。これまでの進捗状況と今後の計画修正案について俺から報告するもので、常務や事業部長、新店舗発足の主要メンバーたちが参加することになっている。

俺が少し早めに会議室に行くと、常務を含む年嵩《としかさ》の社員三名が立ち話をしているのが目に入った。新店舗の計画に異論を唱えていたメンバーだ。どうやらスマホの画面を見せ合いながらペットの話をしているらしい。

——このタイミングでペットの話か。こんなの行くしかないだろ。

俺は心の中で自分に気合を入れると、笑顔を浮かべて彼らのほうへと足を進める。

「お疲れ様です。それはペットの写真ですか？」

彼らはギョッとしたあとで互いに顔を見合わせ気まずそうにしている。しかしここで怯《ひる》んではならないと、俺は気づかぬフリで会話を続けた。

「私は猫が好きなんですが、一緒にいると癒やされますよね」

俺がニコニコした表情を崩さず話しかけると、事業部長が戸惑いながらも返事をくれる。

「渉さんも猫を飼ってらっしゃるんですか？　うちの子はスコティッシュフォールドです」

そう言いながらスマホ画面の写真を見せてくれた。

「スコティッシュフォールドですか。折れ耳が可愛いですよね。私は残念ながらペットを飼っていないのですが、妻が働いている猫カフェにはその種類が一匹いますよ」

「猫カフェですか。私は行ったことがないですが流行《はや》っているみたいですね」

俺の新婚話に興味が湧いたのか、他の二人も話しかけてきた。

「そういえば渉さんは新婚でしたね。住まいはマンションで？」

「家具はすべて新調を？」

さすが家具販売店の社員だけあって、そちらに興味があるらしい。俺もその方面に水を向けたいと思っていたので好都合だ。

「そうですね、いずれ猫を飼いたいと思っているので、それに適したものをうちの店舗で買い揃《そろ》えたいと考えています。ペットを飼っている皆さんはどんな家具を使われているんですか？」

そこに会議室に入ってきた他の社員も食いついてくる。

「うちの親はソファカバーを五枚くらい色違いで買ってますよ。すぐに汚れちゃうんで」

「やはりペットの毛や臭いの対策が大変ですよね」

「うちは防臭スプレーの減りが半端ないですよ」

「わかります！　コロコロテープも！」

驚くことに我が社の社員のペット保有率は俺の想像以上に高かったらしい。今現在は飼っていなくてもかつて自宅で飼っていたとか、実家で親が飼っているというパターンも多く、ペット談義で盛り上がる。

最後に誰かの「手間がかかって大変ですが、そこも含めて可愛いんですよね」という意見に皆が賛同し、場が和んだところで俺は本題を切り出した。

「……これは一案なのですが、『ＨＣＦ渋谷』にペットがいる家庭向けの家具コーナーを設けるというのはどうでしょうか」

「『ペット向けの家具』ではなくて、『飼い主側に向けての家具』ということですか？」

「そうです」

ちょうどいいタイミングで会議の時間になった。俺は皆に着席を促してから、会議室前方のスクリーンにパワーポイントの資料を映し出す。

「一般社団法人による昨年度の調査によりますと、日本国内のペット飼育数が十五歳未満の子供の数を上回っているということがわかりました」

現在の日本国内におけるペット需要とペットビジネス市場の展望。家具業界で実際に販売されているペット飼育者向けの家具の種類など、俺は次々とスライドで説明していった。

「――以上のように、猫が爪研ぎしても破れにくい素材のソファやカーテン、マーキングされたときに丸洗いできるソファカバーなど、種類は多岐にわたっています。新しいショールームでそれらを展示し、お客様に提供できればと考えております」

『ＨＣＦ渋谷』では家具ごとの陳列とは別に、リビングやダイニング、子供の勉強部屋や寝室などを模したミニモデルルームのような空間を設けることになっている。

お客様が部屋の具体的なイメージを持ちやすいようにして、購買意欲を高めるための施策の一つだ。

「そのモデルルームにペットをイメージした部屋も加えてみてはどうでしょう」

ただ便利な家具を整然と並べるのではなく、犬なら犬、猫なら猫でカーテンもシーツもデザインを統一し、ペット好きがワクワクするような空間を作るのだ。

俺の意見に女性社員の一人が相槌を打つ。

「でしたら猫デザインのマグカップやフォトフレームなどの雑貨を置くのもいいですね」

そこに常務が「なるほど……だったらベッドの上に犬か猫のぬいぐるみを置くのはどうかな。うちの娘が小さい頃は枕元にたくさん並べていたものだ」と会話に加わってきた。

常務の意見に先ほどの女性社員が目を輝かせる。

「常務、それ、キャッチーでいいですよ！　実物大の犬のぬいぐるみをベッドサイドに置いたりすれば子供のお客様が喜びそう。二段ベッドの上から猫ちゃんのぬいぐるみが顔を出してても可愛くないですか？」

「うん、それがいい。さらにペットとの暮らしをイメージしやすくなるからな」

そこで俺がすかさず「常務はお孫さんがいらっしゃいましたよね。今はおいくつですか？」と訊《たず》ねると、常務は相好を崩して孫自慢を始める。そこから子供部屋の家具へと話題が移り、和気藹々《あいあい》とした雰囲気になってきた。

皆は俺の案に前向きになっている。この流れでさらに先まで話を進めたい。

――よし、今だ！

「続きまして、こちらの画面をご覧ください」

スクリーンに映し出されたのは新店舗に導入するシミュレーションシステムの改良版だ。

今回は選択できる家具に【ペット】の項目が追加されている。そこからさらに【イヌ】、【ネコ】、【その他】を選ぶことができる。

俺が【ネコ】をクリックすると、「ニャーオ」という鳴き声と共に五種類の猫の３Ｄ画像が現れた。皆が「おおっ」と感嘆の声をあげる。

「このように、選んだ家具の上に好きな猫の画像を置くことができます。ちなみに【イヌ】バージョンはこちらです」

【イヌ】をクリックして「ワンワン」と鳴き声が聞こえると、またしても場が盛り上がった。

これで掴《つか》みはＯＫだ。

これはシミュレーションシステムを開発してもらったＳＥのアイデアを取り入れたものだ。ペット項目の追加に加え、『犬や猫のアイコンを可愛くしてキャッチーなものにしたい』という俺の無茶振りに『鳴き声が出たら思わず試してみたくなるのでは？』と逆に提案してくれた。彼は今日の会議に間に合わせるために徹夜をし、俺も差し入れを持って彼の事務所に通い詰めた。彼が見事に応えて新機能を追加してくれたおかげで、今日のこの日を迎えることができたのだ。そのことに心から感謝だ。

「この追加により、お客様がペットとの暮らしをより一層イメージしやすくなったばかりでなく、小さなお子様連れでも楽しんでいただけるようになったのではないでしょうか」

『HODAKA Furniture 銀座』が大人が店員に案内されながらゆったりと家具を選ぶラグジュアリーな場であるとすれば、『ＨＣＦ渋谷』は大人も子供も皆でわいわいしながら家具や雑貨に触れて遊べる場だ。

暇なときに時間潰しでふらりと立ち寄ったり、カップルや家族連れがデート先や待ち合わせ場所にしてみたり……。

「――様々なシーンで家具を楽しめるアミューズメント・ファニチャーストア。私は『ＨＣＦ渋谷』をそのような店舗にしたいと考えています」

そのためにはここにいる皆の協力が不可欠だ。

「今お見せしたのは今日の会議に間に合わせるためのミニマムリリースで、まだ叩《たた》き台に過ぎません。画面のデザインにせよ家具の種類にせよ、先ほど伺ったような様々な意見を取り入れてブラッシュアップする必要があります。そのために皆さんの力を貸してください！」

俺はまだまだ若輩者で知識も経験も浅い。そこをベテラン勢の知見とスキル、若手の柔軟な発想力と行動力で補い支えてほしいと訴えた。

「どうか私と一緒にこの船に乗っていただけませんか？　決して泥舟にはいたしません。立派な帆を広げ、必ずや大海に名を馳せる大船にいたします！」

俺がそう締め括ると、会議室内に自然に拍手が湧き起こった。

常務が席を立って握手を求めてくる。

「い、い、社長代行、素晴らしいプレゼンでした。以前よりも内容が煮詰められ、より説得力のあるものになっています。特にペット市場に目をつけたところに先見の明がある。我が社のさらなる可能性を感じさせるものだ。どうか協力させてください」

「ありがとうございます！」

俺が手を握り返したところで再び拍手が起こる。

「皆さんの協力があれば必ずよいものができます。お客様がこんな家具を持ちたい、こんな部屋に住みたいと思うような憧れの空間を一緒に作りましょう。よろしくお願いします！」

皆にお辞儀をしてから顔を上げる。ゆっくり席を見渡すと、皆の笑顔が期待と興奮で輝いていた。

茉白の言葉が脳裏を巡る。

『渉さんが誠心誠意気持ちを訴えたら、皆をその熱に巻き込むことができるんじゃないのかな』

——そうか、これが熱に巻き込むということなんだ。

これまでの仕事では感じたことのないような高揚感と達成感。感動で胸が震えて今にも泣いてしまいそうだ。

いや、これで満足するわけにはいかない。ここからが本当のスタートなのだから。

——茉白、ありがとう。君のおかげでどうにか前に進めそうだ。

グッと唇を噛《か》み締めながら、俺はもう一度深く頭を下げるのだった。

7、甘くて甘くない新婚生活

「やっ、ん……っ」

四月第三週の日曜日。マンションのバスルームに私の鼻にかかった高い声とピチャピチャという水音が響く。

「茉白《ましろ》、そんなに頭を締め付けたらちゃんと舐《な》められない。もっと脚をひらいて」

渉《わたる》さんが私の股のあいだから顔を上げた。

「でも、勝手に太腿《ふともも》に力が入っちゃう、から……」

「わかった。俺が勝手にするから」

言うが早いか渉さんがグイと両手で脚をひらき、ガッチリと固定してから口淫《こういん》を再開する。

ぱっくりとひらいた中心に舌を捩《ね》じ込み掻《か》き混ぜた。

「あっ、やんっ、激しすぎる……っ」

私が片脚を跳ねさせると、つま先がお湯を叩《たた》いてパシャンと鳴った。

私は今、マンションのバスルームでお湯を張った浴槽の縁に壁を背にして座っている。いつもはアロマキャンドルが飾られているはずのスペースに、私が腰を下ろしている形だ。

日曜日の今日は『ショコラ』に来てくれた渉さんと一緒に外食をしてからマンションに帰り、彼の求めで一緒にお風呂に入ったのだが……身体を洗って早々、彼がいそいそとキャンドルを片付け始め、あれよあれよとこうなった。

「茉白、蜜がどんどん溢《あふ》れてくる。こうされるのが好きなの？」

蜜口から液をジュルジュルと啜《すす》りつつ、片手で蕾《つぼみ》を震わせる。絶妙な振動に自分でもソコがツンと勃《た》ってくるのがわかった。

「うん、好き……気持ちい」

「そうか、ちゃんと剥《む》いてあげるから、もっと気持ちよくなろうな」

愛液を纏《まと》った指で蕾を捏《こ》ねて器用に剥くと、ピンクの尖《とが》りにチュッと口づける。ペロペロと犬のように舐めながら蜜口には舌の代わりに二本の指を挿《さ》し入れてきた。ナカで抽送を繰り返しながら蕾を舌で刺激する。

ナカと外との波状攻撃に耐えきれず、私は腰を浮かべて悶絶《もんぜつ》した。

「やぁっ！　こんなの駄目《だめ》っ、両方は……強すぎる……っ」

「でも茉白は同時にされるのは嫌いじゃないだろう？　あと、クリをいじめられるのも。ちゃんとイかせてあげるから素直に感じて？」

渉さんには私の身体をすっかり知り尽くされてしまっている。今更誤魔化《ごまか》しようもないので私は彼から与えられる快感に素直に身を委ねることにした。

「んっ、あっ、すごい、すごい……っ」

渉さんはひたすら蕾を舐め続ける。剥き出しのソコは敏感で、彼の舌が表面をなぞるたびに電気が流れたみたいにビリビリする。腰が跳ね、私が足をバタつかせるたびにお湯が大きく波打った。

彼の二本指がナカの浅いところをさわりと撫《な》でる。指の腹でトントンとノックされ、私は喉を曝《さら》して嬌声《きょうせい》をあげた。

もう限界だ。快感を逃そうとつま先を丸めたところで、彼の指が敏感なポイントをグイと押す。目の前で星が瞬《またた》き子宮がキュッと収縮した。

「あっ、もう……っ、ああーーっ！」

ぎゅっと目を瞑《つむ》った瞬間に快感が弾《はじ》け、私は絶頂を迎えたのだった。

「茉白、立てる？」

「えっ？　あっ」

渉さんがぐったりとしている私の手を引いた。彼に言われるままに壁に向かって手をつくと、後ろからキツく抱きしめられる。

左手で胸を揉《も》みながら、右手が繁みの奥の蕾に触れる。胸の頂《いただき》を弄《いじ》りながら蕾を擦られるとじっと立っているのが難しくなる。

「あんっ、やっ、駄目っ」

「駄目なの？　クリがまた硬くなってるのに？」

指を蕾に押し付けながらクニクニと捏ねられる。

堪《たま》らなくなった私が壁に額を押し付けると、自然にお尻を突き出す形になった。そこに渉さんが硬く反り返った屹立《きつりつ》を擦り付けてくる。お尻の割れ目にしばらくグイグイと押し付けてから、今度は股のあいだに滑らせた。

すでに先走りが出ているらしく、彼の漲《みなぎ》りはスムーズに股のあいだを往復する。雄々《おお》しく反り返ったソレが往復するたびに割れ目に擦れてゾクゾクする。カリの部分で蕾を引っ掻《か》かれると強い刺激に声が出る。

「やぁっ！　こんなの、駄目ぇ」

「でも、茉白、太腿まで液を垂らしてるよ。俺のカウパーと混ざってヌルヌルだ。早くイきたいたいんだろう？」

吐息《といき》混じりの掠《かす》れた声で囁かれると、色気で腰が砕けそうになる。

「……うん、渉さんと一緒にイきたい。早く挿《い》れて」

お尻を突き出し懇願すると、背後で彼がふっと息を洩《も》らした。

「おねだり上手で可愛《かわい》いな。ゴムがないからナマで挿れるよ。ちゃんと外に出すから」

「ううん、ナカでいい」

「えっ」

私が顔だけ振り向くと、渉さんは目をぱちくりさせて困惑している。

「私は構わないよ。だって私たち、もう夫婦だし」

目が合って、彼がくしゃりと泣き笑いの顔になる。

「そんなの俺だって……ずっとそうしたかった！」

直後に恥骨がぶつけられ、熱い肉の塊が勢いよく挿入《はい》ってきた。

「ああっ！」

ものすごい圧迫感と充足感。ナカで彼の分身がドクドクと脈打っているのが伝わってきた。

いつも以上に生々しさを感じ、本当に繋《つな》がっているのだと実感できる。

「……っは、茉白のナカ、最高」

言いつつゆっくり腰を引き、今度は勢いよく突き上げる。

「ああーーっ！」

子宮口を激しく叩《たた》いたあとで激しい抽送が開始された。

「は……っ、茉白、気持ちいいよ」

「うんっ、私も……っ、渉さん、気持ちいい」

「もっと悦《よ》くして一緒にイこうな」

片方の手で胸を揉《も》み、もう片方の手で蕾を弄りながら同時にナカを突かれる。

三方向からの刺激は初めてで、快感を逃す余裕もない。あっという間に波が来た。太腿がブルブルと震える。

「やっ、またイっちゃう。あっ、あっ……」

「うあっ、茉白、すごい締め付け。俺も、もうっ」

フィニッシュとばかりに腰の動きが速くなり、お尻に恥骨が連続でぶつかった。バスタブのお湯が大きく波打ちバシャッとこぼれる。

お腹の奥から強い刺激が迫り上がり、頭のてっぺんまで突き抜けた。

「ああっ、やぁっ！」

私が嬌声をあげた瞬間に、ナカで漲りが大きく跳ねた。

「うっ、は……っ」

低い呻《うめ》き声と共にお腹の中にじわりと熱が広がるのがわかった。彼が私の中で直《じか》に達してくれたのだ。

——嬉《うれ》しい。こうしてずっと繋がっていられたらいいのに。

けれど暑さと興奮でのぼせた私はそれどころではなくて、ぐにゃりと脱力したところを渉さんに抱き抱えられたのだった。


「——少しでもいいから水分を摂って」

ぼんやりとしている私にバスローブを羽織らせベッドに横たえてから、渉さんが冷蔵庫からキンキンに冷えたペットボトルの水を持ってきてくれた。

私の背中を支えて起き上がらせると、キャップを外して手渡してくれる。私が一口飲むのを見届けてから不安げに顔を覗《のぞ》き込む。

「ごめん、調子に乗って激しくしすぎた」

「大丈夫、ちょっとのぼせただけだから」

——気持ちよすぎて興奮したのは自業自得だし。

さっきの大胆なおねだりや痴態《ちたい》を思い出して顔を赤くしていると、心配した渉さんが蓋《ふた》を閉めたペットボトルを私の額に当ててくれた。本当に至れり尽くせりだ。

「駄目だな、しばらく茉白と離れると思ったら歯止めが利かなかった」

「……うん、私も」

明後日の火曜日から渉さんは仕事で海外を訪れることが決まっている。四泊六日のイタリア出張だ。

首都ローマとそこから移動時間が短いフィレンツェの二都市を巡り、交渉を進めていたデザイナーや家具メーカーと直接契約を交わすと共に、他の新人デザイナーも発掘したいと張り切っている。

「やっぱり副社長さんともなると大変？」

「大変だけど、やり甲斐《がい》はあるな。会社に社長がいてくれるから海外にも行きやすくなったし」

渉さんは今年の四月一日付で副社長に就任した。社長であるお義父《とう》様が会社への復帰を果たし、渉さんから『社長代行』の肩書きが外れたところで新たな役職を拝命した形だ。

これはお義父様がまだ完全復帰とは言いがたく、出社時間も病気以前より減らすことから渉さんが動きやすいようにするための措置らしい。

それと三月の会議をきっかけに、社員が『社長代行』を中心に一致団結したことも評価してもらえたのではないか……と渉さんが言っていた。

お義父様はあと数年で実務を離れて会長職に退くことも視野に入れているそうなので、今回の昇進は渉さんに会社を委譲するための布石ということなのだろう。

今のところお義父様は週に三日ほどの出社にとどめており、主に渉さんが業務を執行している。

社長代行のときとやっている内容は大きく変わらないそうなのだが、渉さんは『社長がちょっと顔を出すだけでピリッと緊張感が出て社内が締まるのはさすがだと思う』、『社長がデスクに座ってくれているおかげで、俺は渋谷《しぶや》の開店準備のほうに時間を割けて助かるよ』と笑顔を見せていた。

おかげで社員の士気も上がっていて、かなりいい雰囲気らしい。

そういうわけで、ここのところ渉さんはやる気に満ちていてすこぶる機嫌がいいのだけれど。

「――茉白を一人で置いていくのは心配だ。やっぱり一緒に行かないか?」

渉さんもベッドに上がってくると、隣に座って私の肩を抱き寄せた。

イタリア出張が決まってからというもの、渉さんはことあるごとに私を同伴させようと誘ってくる。

「それは駄目《だめ》。入籍して早々に『仕事の邪魔をする悪妻だ』なんて言われたくないし」

「俺がそんなことを言わせないくらい成果をあげればいいんだろ？　茉白が一緒に来てくれたら俺が頑張れるんだから邪魔じゃない」

「でも、もう行かないって決めたから」

出発は目前だし、私も『ショコラ』に出勤でスケジュールを組んでもらっている。今更変更は難しいと告げると、渉さんが肩を落としてしゅんとした。

ここまで熱心に誘ってもらえるのは奥さん冥利《みょうり》に尽きるしありがたいとは思うけれど、やはり今回は譲れない。

――だって、これ以上渉さんの評価を下げたくないよ。

渉さんの頑張りで『ＨＣＦ渋谷』の開店準備は着々と進んでおり、社長代行としての面目を保つこともできた。今回の副社長昇進はそれが認められてのことだろう。

会社のことは嬉々として話してくれるので、お義父様とも社長と副社長としての関係は良好なのだと思う。渉さんが社長としての父親を尊敬していることも会話の端々から伝わってくる。

そんな大事なときだからこそ、周囲に疑念を抱かせるような行動は慎むべきだと思う。

副社長の出張に新妻が同伴だなんて、いくら渉さんがいいと言っても公私混同感は拭えない。

――それに、プライベートのほうだって……。

せっかく構築しつつある社員との関係を壊すだなんて言語道断だ。

実際のところ、穂高《ほだか》のご両親から彼が息子としての信頼を取り戻せたかどうかは怪しいところだ。

あれから彼の口から実家の話題は出てこないし、私もあえて触れないようにしている。もちろん実家に行かせてもらったのはあの一回きりだ。

そのことを申し訳なく思うけれど、私を信用してもらうにはそれなりの時間が必要だとも思っている。

渉さんを妻として支え励まし力づけて、その結果、彼が本当に幸せなのだとご両親に認めてもらえることが大切で、ひいてはそれが私たちの結婚を心から祝福してもらえることに繋《つな》がると思うから。

――だから、焦《あせ》っても仕方がない……よね。

今はほんの少しずつでも私への信頼を積み重ねていきたい。

「とにかく、私は日本で留守番してるから、気をつけて行ってきてね」

「……わかった。代わりに毎晩電話するから必ず出てくれる？」

「もちろん！　時差は八時間でしょ？　どんなに朝早くても電話に出るようにするね」

それでようやく納得してくれたようで、渉さんは私の頬にキスを落として微笑《ほほえ》んだ。

そのとき、サイドテーブルに置かれていた渉さんのスマホがパッと光って震えだす。

彼はスマホをプライベート用の白と仕事用の黒で使い分けている。今は白色のほうを手に取ったので、どうやらプライベートの電話が掛かってきたらしい。

彼は画面を見た途端、眉間に皺《しわ》を寄せてあからさまに嫌そうな表情を浮かべる。

——あっ。

渉さんがスマホを持つときに私のほうからもチラリと【穂高登世子《とよこ》】の文字が見えた。あれは……。

「ちょっと失礼」

渉さんはチラリと私に視線を向けてからスマホを持ってベッドを下りた。画面をタップすると耳に当てながら部屋を出て行く。ドアの向こうのリビングからはぼそぼそと話し声がするものの、会話の内容までは聞き取れない。

——今の電話、お義母様《かあ》からだったよね。

わざわざ部屋を出たということは、私に聞かれたくない内容なのだろう。そう判断した私は会話から気を逸《そ》らすべくベッドで横になって休むことにした。そのとき。

「……だから行かせないって言ってるだろう！　自分たちが何を言ったかもう忘れたのか!?」

突然リビングのほうから大声がして、私は弾《はじ》かれたように起き上がった。渉さんはよほど興奮しているのだろう、彼にしては珍しく声を荒らげている。

息を殺してじっとしていると、今度ははっきりと彼の言葉が聞こえてきた。

「彼女が許したとしても俺が許さない。……いや、とにかく駄目なものは駄目だ。それが用事だったらもう切るから。じゃあ」

最後は冷たく言い放って電話を切った。途端にあたりに沈黙が落ちて、自分の心臓の音だけがドクドクと響く。

――どうしよう、聞かなかったフリをする？　それとも……。

考えがまとまらないまま固まっていると、寝室のドアがひらいて渉さんが戻ってきた。私の表情を見てすぐに状況を悟ったらしい。

「……そりゃあ聞こえるか」

自虐的な薄い笑みを浮かべると、「お茶を淹《い》れるから、そのあいだにシャワーを浴びておいで」と優しい声音で言い残してキッチンへと消えた。

私がシャワーを浴びてパジャマ姿でＬＤＫに入ると、ジャスミンの甘い香りが漂ってくる。

ローテーブルにはいつものティーセットが置かれていて、渉さんはソファに座って待っていた。私も黙って隣に座る。

「ごめん、さっきの電話、聞こえてたよな」

「……うん、ごめんね。盗み聞きするつもりはなかったんだけど」

「いや、大声を出した俺のせいだ」

短い会話のあとでお互い黙り込む。

渉さんがイチゴ柄のティーポットから二つのカップにジャスミンティーを注ぎ、一つを「どうぞ」とソーサーごと私の前に置いてくれた。

「いただきます」

「うん」

私がカップに口をつけるのを待って彼もお茶を一口啜る。

「美味《おい》しい。ありがとう」

「ああ」

——違う、私が言いたいのはこんなことじゃなくて。

「……電話の相手はお義母様だよね？」

勇気を出して訊《たず》ねると、渉さんが大きなため息をつく。

「やっぱり気づくよな……そう、母さんからだった」

彼は自分を落ち着かせるかのように再びお茶を口にして、革張りのソファに深く背中を沈める。

私も彼に倣《なら》って一口啜り、甘い花の香りを肺いっぱいに吸い込んでからカップをソーサーに戻す。膝を揃《そろ》えて渉さんのほうに向き直り、話を聞く体勢を整えた。

渉さんが覚悟を決めたかのようにゆっくりと口をひらく。

「二週間ほど前……ちょうど父さんが会社に復帰した頃に母さんから俺に電話があったんだ」

それはさっきと同様、渉さんの白いスマホに掛かってきたそうだ。話の内容はもう一度会って、ちゃんと話をしたいというものだったらしい。

「実家のほうも父さんの挨拶《あいさつ》まわりや見舞い返しでしばらくバタバタしてたんだけど、会社に復帰を果たしてようやく落ち着いたとかで」

そこでまた二人で家に来てくれないかと打診があったのだが、渉さんは多忙を理由にそれを断ったのだという。

副社長就任と『HCF渋谷』の開店準備、それにイタリア出張の準備も重なっていてゆっくり会いにいく時間が作れなかったのだ。

「……というのは建前で、大きな契約を控えているというのに、その前にまた揉《も》めて仕事に支障をきたしたくなかった。何より実家に行けば今度も何を言われるかわからない。この前みたいに茉白が傷つけられるのは絶対に避《さ》けたい」

なので自分がイタリアから帰国するのを待ってから改めて検討させてほしいと伝えたのだが、そこでお義母様から『だったら茉白さんだけでも』と提案があったのだという。

『渉がイタリアに行っているあいだは彼女一人で留守番なんでしょう？　うちで過ごしていただければ家のことも教えて差し上げられるし』

お義母様の提案を渉さんは即行で否定した。

「そんなのとんでもないと断ったんだが……さっきもしつこく同じことを言ってきて」

それで腹を立てた渉さんが電話口で怒りを爆発させたというわけだ。

「……私、全然知らなかった」

「ああ」

「お互い何でも打ち明けるって決めたのに」

「それは……ごめん」

わかっている。これは彼の優しさなのだ。これ以上私を傷つけないために、自分が防波堤となって守ってくれていたのだろう。

——だけど……。

その波をまともに受けている彼が傷つかないわけがない。足を踏ん張って耐えていても、いつかは限界が来てしまうだろう。

そのときに何も知らずに安全圏でのほほんとしているなんて……。

「私は、渉さんが一人で傷つくのは嫌だよ」

辛《つら》いことも悲しいことも二人で分かち合いたい。どちらか片方だけが耐えるのではなく、一緒に受け止め乗り越えていきたい。

それが夫婦だと思うから。

「私、もう一度ご両親とちゃんとお話ししてみたい。私の仕事のことも足りない部分も、相談しなきゃわかり合えないと思うから」

そして何より、私のせいで渉さんがご両親と疎遠になったままなのは絶対に嫌だ。

そう訴える私の右手を渉さんが両手で包み込む。

「……茉白は俺のことを思って言ってくれてるんだろうけど、俺は茉白が傷つけられることのほうが耐えられない。わざわざ不愉快な場所に行く必要はないよ」

「だけど、このままじゃ」

「茉白が俺のいないところで辛い目に遭うのが嫌なんだ」

彼の両手に力が籠《こ》もり、見つめる瞳が不安げに揺れる。私も黙って見つめ返すと、しばらくしてから彼が手の力を緩めた。

カップを手に取りお茶を飲み、肩を落としてため息をつく。

「……わかった、もう一度会いに行こう。ただし俺たち二人揃《そろ》ってだ。実家には俺がイタリアから帰国したら時間を作ると連絡を入れておく。それでいいね」

「ありがとう、渉さん。わがままを言ってごめんね」

渉さんは苦笑しながらもう一度ため息をつき、私の肩を抱き寄せた。

「茉白のことをちゃんと知れば絶対に気に入ってもらえる。それは確信しているが……中身をちゃんと知る前にあれこれ言われたのは癪《しゃく》だったな。正直言うと、君の魅力を伝えきれなかった自分の不甲斐《ふがい》なさにも腹が立ってる」

だから次こそは頑張るからと宣言された。

「前に話したことだけど、俺はいざとなったら親よりも茉白を取るよ。それだけは忘れないで」

こんなふうに私を安心させようとしてくれる人だから。その優しさに甘えるばかりじゃなくて、私も成長しなくてはいけないと思う。

「渉さん、ありがとう。大好きだよ」

見つめ合い、自然に唇が重なった。

――うん、この大切な人を幸せにするために頑張ろう。

二人の未来を強くするために私自身も強くなろうと、改めて心に誓った。

＊　＊　＊

土曜日の昼下がり、キッチンで片付けをしていたらリビングの固定電話が鳴った。

「あれっ、どこからだろう」

渉さんは四泊六日のイタリア出張中だ。彼が電話を掛けてくるにしても固定電話はありえない。他にも親しい人とのやり取りはスマホのみなので、固定電話に掛けてくるのはマンションの管理会社かセールスくらいなものだ。

セールスだったら面倒だなと思いつつもエプロンで手を拭きリビングに向かう。電話のナンバーディスプレイ画面には【実家】と表示されている。

――実家って、穂高《ほだか》家からの電話っていうこと⁉

心臓がドキッと飛び跳ねて、心拍数が急上昇する。慌てて受話器を耳に当て、「穂高でございます」とうわずった声で応答した。

『茉白さん？　私、穂高登世子《とよこ》です』

その声を聞いた途端、凜《りん》とした大和撫子《やまとなでしこ》……という形容詞がそのまま当てはまるような上品な着物姿が脳裏に浮かぶ。

「お義母様、ご無沙汰《ぶさた》しております、茉白です」

「お久しぶりです。急なんだけど、今日これからうちにいらっしゃらない？」

「ええっ⁉」

思わず素《す》っ頓狂《とんきょう》な声が出た。

『今はマンションに一人でいらっしゃるんでしょう？　うちの主人も朝から出掛けているの。よければ二人でお茶でもと思って』

「二人……ですか」

涉さんが帰ってくるのは明日の夜。私は今日はお休みで、明日は朝から夕方まで『ショコラ』に出勤後、家で涉さんを待つ予定でいる。

――涉さんに無断で勝手なことをするのは……。

イタリア出発前にあれだけ私のことを心配していた涉さんだ、一人で穂高家に行くなんて絶対に許さないと思う。

――いったん返事を保留して涉さんに相談してみようか。

今の時刻は午後十二時半。フィレンツェはまだ午前四時半頃だ。この時間に起こすのは申し訳ないと思う。

――どうしよう、このまま電話口でお義母様を待たせておくのも失礼だし。

ぐずぐずと迷っていたところにお義母様の言葉が続く。

『先日のことは本当に反省しているの。ちゃんとお会いして謝らせていただけないかしら。それに、夫や涉がいないほうが本音を言い合えると思うのよ。女同士でゆっくりお話ができたら嬉《うれ》しいわ』

そう言われ、私の心が決まった。

「わかりました、喜んでお伺いさせていただきます」

『嬉しいわ、いただきもののクッキーがあるの。どうか手ぶらでいらしてちょうだい。馴染《なじ》みのタクシー会社から車を向かわせますから。それじゃあ』

最後は明るい口調で電話が切れた。

「わぁ、どうしよう」

行くと答えたのはいいが心も身だしなみも準備不足だ。何を着ていこう、化粧はしたほうがいいよね？

あたふたとしているうちにタクシーの到着時間が近づいてきた。

無難そうな紺色のワンピースに着替えて鏡を覗《のぞ》いたところでふと気づく。

「あれ、手土産ってどうしたらいいんだろう」

お義母様は手ぶらでとおっしゃってくれたけれど、その言葉を真に受けてしまっていいものか。もしかすると、これが特大のトラップだという可能性も……。

「ええっ、だったら気が利かない嫁だと思われちゃう！」

今から買い物に行っている余裕はない。慌ててキッチンを振り返ったところで冷蔵庫が目に留まった。

――そうだ！

冷蔵庫のドアを開けると、つい先ほど焼き上げたばかりのパウンドケーキがラップに包まれて収まっている。

これはダークラムに漬け込んだドライフルーツを生地に混ぜ込んであり、以前焼いたら渉さんが『生地がしっとりしているし香りがよくて絶品だ』と褒《ほ》めてくれたものだ。

彼が帰宅してから一緒に食べるつもりで用意しておいたのだけど……。

「うん、これを持っていこう」

親子であればきっと味の好みも似ているはず。洋菓子だからクッキーと並べておいても邪魔にはならないだろう。

何も持たないよりはマシだと考え、急いで綺麗《きれい》に包み直してリボンをかけて、プレゼント用の紙袋に入れた。

部屋を出る前に渉さんにメッセージを送る。

【お義母様にご招待を受けて、今から松濤《しょうとう》の家に行くことになりました。帰ったら結果報告するね】

渉さんが何時に起きるのかはわからないけれど、このメッセージを読めばきっと心配するだろう。いや、勝手なことをと怒るかもしれない。それでも私は……。

――渉さん、ごめんなさい！　だけど私だってできることならお義母様と仲良くなりたいの。

せめてあとからいい報告ができますようにと祈りつつ、迎えのタクシーに乗り込んだ。

車の音に気がついたのか、タクシーを降りた途端に内側から門扉がひらき、お義母様が顔を出す。

今日の彼女は白いブラウスに黒いロングのフレアスカートというフェミニンな出で立ちで、髪を下ろしているからかこの前会ったときよりも若々しく見えた。

「いらっしゃい、よく来てくださったわね」

微笑《ほほえ》みかける顔も心なしか柔らかく、ほんの少しだけ緊張が和らぐ。

「本日はお招きいただきありがとうございます」

「こちらこそ、急にお誘いしてしまって。さあ、どうぞお入りになって」

レンガ敷きのアプローチを歩きながら、今日はお義父様が朝から出掛けているのだと教えてくれる。企業家仲間たちがゴルフ代わりの快気祝いを企画してくれたそうで、軽井沢《かるいざわ》にある仲間の別荘でバーベキューや散策をして二泊三日を過ごすそうだ。

「きっと一晩中ポーカーか麻雀《マージャン》でもするつもりなんでしょうね。お酒と夜更かしはほどほどにするよう言っておいたのだけど、あの人言うことを聞かないから」

と話しながら家の中へと通され、前回と同じリビングのソファに座るよう勧められた。

「あの、これは今朝焼いたばかりのパウンドケーキなんです。よろしければ召し上がってください」

「茉白さんが焼いてくださったの？　ありがとう、さっそくお茶請けにさせていただくわね」

──ここは嫁としてお手伝いするべきなのでは!?

「あっ、私も一緒に……」

慌てて腰を浮かせたけれど、キッチンに向かうお義母様に「ああ、今日はお客様なのだから結構よ」と言われて、しょんぼりしながら座り直す。

白い陶器のティーセットと、お揃いの皿に切り分けられたパウンドケーキ、そしてクッキーの載った小皿が置かれたローテーブルを挟んでお義母様と向かい合う。

「あの、先日は慌ただしく帰ってしまって申し訳ありませんでした。入籍後もご無沙汰してしまっていて……」

そのとき入り口の壁に取り付けられているモニターホンのチャイムが鳴った。

お義母様が「ちょっと失礼」と席を立ちモニターの通話ボタンを押して応答する。

「あら、ひかりさん」

――ひかりさん？

どうやら訪問者はお義母様の知り合いのようだ。スピーカーから女性の声が洩《も》れ聞こえてきた。

「――せっかくだけど主人は留守にしているのよ」

などと話しているからお義父様に用事があるらしい。

お義母様がこちらを振り返る。

「茉白さん、急に申し訳ないのだけれど、お客様と同席になっても構わないかしら。知人の娘さんが主人の快気祝いを持ってきてくださったみたいで」

「はい、私のことはお気になさらずに」

――わぁ、お客様かぁ。

お義母様とゆっくり話すどころか、いきなり見知らぬ人と同席だとは想定外だ。けれど知人の娘さんであれば失礼のないよう頑張るしかない。

私は姿勢を正すと緊張しながら待機する。

しばらくして入ってきたのは華やかな雰囲気を纏《まと》った長身の女性だ。スラリとした体型にクリーム色のワンピース。栗色の髪を後ろで緩くまとめている。髪を留めている真珠のバレッタは本物だろうか。

――きっと本物なんだろうな……。

「茉白さん、こちらは水無瀬《みなせ》ひかりさん。主人が親しくしている社長さんのご令嬢なの。……ひかりさん、彼女は渉の嫁の茉白さんです。どうか仲良くしてあげてちょうだいね」

「茉白と申します、よろしくお願いいたします」

慌てて立ってお辞儀をすると、ひかりさんはにこりと笑顔を返してくれる。

「ひかりです、穂高家の皆様とは家族ぐるみで仲良くさせていただいてるんですよ。ねっ、おばさま」

今度はお義母様に親しみを込めた視線を送る。

「さっきも伝えたとおり、せっかく快気祝いを持ってきていただいたのに主人が留守でごめんなさいね」

「存じています。私の父たちと一緒に軽井沢に行ってるんですよね？　私はおばさまが寂しくしていらっしゃるんじゃないかと思って、楽しくお喋《しゃべ》りがしたかっただけなんです」

「まあ、ありがとう。ひかりさんのカップを用意するから少し待っていてね」

彼女はキッチンに向かうお義母様を「あっ、お手伝いします！」と追いかけていく。その様子はたしかに親しげで、どう見ても私のほうが余所者《よそもの》だ。

居心地の悪さを感じつつソファで一人ポツンと待つ。

それから私の隣にひかりさん、ローテーブルを挟んだ向かい側にお義母様が座り、女性三人でのお茶会が始まった。

ひかりさんは私より三歳年上の二十七歳で、今は父親が社長をしている有名食器メーカーで社長秘書をしているのだという。

「社長秘書だなんて、ひかりさんは優秀なんですね」

私が感嘆の声をあげると、彼女は「父が私をそばに置きたがるものだから。けれど結婚したら、尊敬するおばさまみたいに家庭に入って夫となる人を支えたいと思っているんです」とお義母様に微笑みかける。

「あらあら、お上手ね。さあ、せっかくだからお菓子をいただきましょう」

お義母様の音頭で各々《おのおの》が紅茶やお菓子に手を伸ばす。ひかりさんの手土産は有名店のマーブルクッキーだ。二人が完全予約制の品だと盛り上がっているが、その店を知らない私は会話に入っていけない。

お義母様が私のパウンドケーキをフォークで割って口に運ぶ。

「あら、このケーキ、とてもしっとりしていて美味しいわ」

ひかりさんがお義母様に同調する。

「香りもいいですね。これはどちらのお店のものですか？」

「ああ、それはお店じゃなくて手作りなのよ」

「おばさまが作られたんですか⁉　さすがです！」

彼女が胸の前で両手の指を組んで目を輝かせると、お義母様が私に向かって微笑みかけた。

「茉白さん、よかったわね。お店のケーキみたいですって。……ひかりさん、これは茉白さんが焼いてきてくれたものなのよ」

今度はひかりさんに話しかけると、何故だか彼女の表情が曇る。

「そっ、そうなんですか」

それきり急に無口になって、黙って紅茶を啜りだす。彼女の口にはパウンドケーキが合わなかったのかもしれない。

なんとなく気詰まりを感じながらも二人の会話に聞き入っていると、廊下で固定電話が鳴る音が聞こえてきた。

「ごめんなさい、ちょっと失礼するわね」

お義母様が廊下に出て行くと、途端に部屋がシンとなる。

「あ、あの、このクッキーを買われたお店って……」

どうにか会話の糸口を掴《つか》もうと私が口をひらいたそのとき。

「この家に来るのに素人《しろうと》のパウンドケーキって、恥ずかしくないの？」

——えっ⁉

「渉さんが結婚したって聞いてどんな素敵《すてき》な人かと思ったら、まさかこんな子だなんて……どう見たって財産目当てでしょ。若さと顔だけが取り柄《え》みたいな子に引っ掛かるなんて、渉さんの評判もガタ落ちね」

ソファにもたれて脚を組み、腕組みしながら言い捨てられた。さっきまでの上品な態度とは大違いだ。

「あなた、わかってるの？　渉さんはパーティーに顔を出せばすぐに女性に取り囲まれるほどモテてきた人なの。彼と結婚したいと思っている女性は山ほどいるのよ！」

名のある大企業の令嬢たちがこぞって彼を狙っていた。自分も親を通じて見合いを打診していたのだと告げた。

「それがこんな……猫カフェで働いてる店員ですって？　この家に相応《ふさわ》しくないし、おばさまもハズレだと思ってるんじゃないかな。だって私のほうが互いの家のためにも会社のためにも一番いい相手に決まっているもの」

自分であれば親や友人のコネクションが使えるし、経済界の奥様方とも幅広く交流を持って家や会社に貢献することができる……と続く。

——そんなの私だってわかってる。

ひかりさんの言うことはもっともだ。私は着物の種類にせよブランド品にせよ詳しくないし、手土産の品さえまともに選べない。

百貨店のインフォメーション受付で店舗の案内をしていたくせに、自身は高級バッグの一つも持っておらず、金持ちの常識を知らないままで生きてきた。

お義母様にしてみたら、話題が豊富で気が合うひかりさんのような人を渉さんの相手に求めていたのだろうし、『ハズレの嫁』だと思われても仕方がない。

なおもひかりさんの言葉が続く。

「渉さんだってあなたみたいなタイプが物珍しいだけ。すぐに飽《あ》きて捨てられるのがオチだと思う。あとで惨《みじ》めな思いをするくらいなら、とっとと逃げ出したほうがいいんじゃない？」

穂高家の財産はおばさまが取り仕切ってるからあなたの自由にはならないだとか、渉さんは優しいから最後には家と会社のことを考えてあなたと別れるはずだとか、辛辣《しんらつ》な言葉の数々を投げつけてきた。

言いたいことを言い切って満足したのか、最後は勝ち誇《ほこ》った表情で紅茶を飲んで、脚を組み替え黙り込む。

「……逃げ出したりなんかしません」

私がぼそりと呟《つぶや》くと、彼女が「えっ、何？」と隣で聞き耳を立てる。

「ひかりさんのおっしゃることは、ごもっともだと思います」

惨めと言うなら今だって十分惨めだ。夫となった人の家で会話に上手《うま》く入りこむこともできずに蚊帳《かや》の外で、おまけに初めて会った女性に好き勝手言われている。

――だけど私は……。

渉さんがくれた数々の言葉が脳裏に浮かぶ。

『俺の未来も幸福も、茉白なしではあり得ない。そのことだけはわかっていてほしい』

『これからの人生でも、何かを捨てたり諦めたりしなくてはならないだろう。けれど茉白、君だけは絶対に手放さない。何があっても逃さないから覚悟して』

そう言ってくれた彼の気持ちを信じているし、彼にこの選択が間違いだったなんて思ってほしくない。だから私は……。

――このまま黙ってひかりさんの言葉を受け入れることなんてできない！

「たしかに穂高家の嫁としても渉さんの妻としても、世間一般的にはあなたのほうが相応しいんでしょう。ですが、渉さんが選んだのは私です！」

突然の大声に驚いたのか、ひかりさんがソファの上で一歩後ずさる。私はそれにお構いなしで言葉を続けた。

「ひかりさんの言うとおり、渉さんは素晴らしい男性で優秀な経営者です」

きっと彼は私がいなくても仕事は成功しただろうし、他の誰かと結婚しても平和で穏やかな家庭を築けたかもしれない。

「ですが、彼が彼らしくいられるのは、一番幸せだと感じられるのは……私と一緒にいるときだと断言できます！」

彼がくれた言葉の数々が、一緒に過ごした日々の積み重ねが、私にそうだと信じさせてくれる。

「私は彼に選ばれた自分を誇りに思っているし、彼にも私を選んだことを誇りに思ってほしい。だから私は、彼がくれた言葉に相応しい自分になれるよう頑張るだけです」

彼の隣に立つのに相応しい自分でありたいと思う。彼の評価に甘んじることなくより一層努力して、彼だけでなく周囲の人々にも認められるような人間になってみせる。

「『ハズレ』じゃなくて『大当たり』だとお義母様たちにも言ってもらえるまでこの家にしつこく通いますし、絶対に逃げ出しませんから」

きっと私のことを大人しくて反論の一つもできない女だとでも思っていたのだろう。きっぱりと言い切った私をひかりさんが驚愕《きょうがく》の表情で見つめた。

「な、何よ、急にペラペラ喋りだして。あなた、おばさまの前では本性を隠してたわね！」

ひかりさんが眉を吊《つ》り上げたそのとき。

「茉白に逃げられたら俺が困るんだけど」

——えっ、この声は……！

まさかと思って顔を上げると、なんと部屋の入り口に渉さんが立っている。

「渉さん、どうして？　帰ってくるのは明日のはずじゃ……」

彼は真っ直ぐこちらに歩いてくると、ソファの横で立ち止まる。私の手を引き自分の隣に立たせたかと思うと、横からグイと私の腰を抱き寄せた。

「説明はあとで」

耳元に顔を近づけ小声で囁《ささや》いてから、ソファに座ったままのひかりさんを見下ろす。

「俺の妻が何か？」

彼女をじっと見つめたまま険しい表情で告げた。

「わ、私は何も……」

「そう、だったらいいけれど、廊下まで妻の声が聞こえてきたから失礼でもあったのかと思って。茉白、何があったの？」

私が口をひらく前に、ひかりさんが勢いよくソファから立ち上がる。

「あの、私、失礼します」

バッグとコートを手に取ると、そそくさと出口へと向かう。

そこにお義母様が立ちはだかった。

「あら、ひかりさん、もうお帰りになるの？　でしたらうちの嫁が作ったパウンドケーキを何切れか持ち帰りにいかが？　茉白さんのお菓子はプロの味にも劣らないと渉がベタ褒《ぼ》めなのよ」

「いえ、あの……結構です」

立ち去る背中に渉さんが声をかける。

「ひかりさん、何度も告白いただいていたのに申し訳ないですが、俺はご覧のとおり結婚したので、今後はもう……」

「いえ、それはもう結構ですから！」

渉さんの言葉を遮《さえぎ》って、耳まで真っ赤にさせながら小走りで出て行った。その様子を唖然《あぜん》としながら見送っていると、隣で渉さんが「ふーっ、驚いた」と息を吐《は》く。

——そうだ、渉さんがどうしてここに？

「渉さん、帰国が早まったの？　予定では明日の夜だったよね？　あっ、お帰りなさい！」

「お帰りなさいじゃないって」

彼がガックリと肩を落として呆《あき》れ顔になる。

「商談がスムーズにまとまったから予定を早めて帰ってきたんだ。茉白が喜んでくれるだろうとワクワクしながら飛行機に乗り込んでさ、そしたら日本に到着した途端、茉白からメッセージが届いていて」

慌てて私に電話をしたものの繋がらず、いてもたってもいられずに空港から直接こちらに駆けつけたのだという。

「あっ、そういえば私、スマホの電源を切ってた」

お義母様との会話中に電話が鳴るのは失礼かと思い、タクシーを降りたときに電源をオフにしていたのだ。

「もう、心配させないでくれよ。俺がたまたま早く帰れたからいいものの、あのままならどうなっていたことか」

「……とか言って、あなた、茉白さんが恋しくて急いで帰ってきちゃったんでしょ。それで空港から直行だなんてさすが新婚ねぇ」

ひかりさんを玄関まで見送りに行っていたお義母様が戻って会話に加わってきた。笑顔で茶化す様子に渉さんがムッとする。

「商談が早くまとまったのは本当だから。それに、新妻が姑《しゅうとめ》に呼び出されたと聞いたら心配するに決まってるだろ」

予定より一日早い便で帰国したところ、私から届いていたのが驚愕《きょうがく》のメッセージ。すぐさま実家に向かったのだという。焦《あせ》って家に入ってみれば、今度は廊下の突き当たりでリビングの会話を立ち聞きしているお義母様に居合わせた。

「何をしてるのかと思ったら、母さんが口に指を当てて『しーっ』とか言うし、一緒に中を覗《のぞ》いたら珍しく茉白が怒っていて」

ちょうど私が啖呵《たんか》を切る場面を目撃して、話の内容から私が何かを言われたのだと察して突入してきたというわけだ。

——あのやり取りを見られていたなんて！

「どこから聞いてたの？」

「えっと、『逃げ出したりなんかしません！』あたり？」

——ほぼほぼ私のパート全部！

「自分の未熟さを棚に上げて偉そうなことを言っちゃってた。恥ずかしい」

頬に両手を当てて俯《うつむ》くと、渉さんが「どうして？　茉白は堂々としていて格好よかったよ。惚《ほ》れ直した」と恥ずかしさに追い打ちをかける。

「あら、渉もそんな甘いセリフを吐けたのねぇ。茉白さんのことがよほど好きなのね」

お義母様まで恥ずかしい言葉を被せてくる。母子揃っての言葉責めで私の顔がますます赤くなった。

けれど渉さんは不満げだ。眉を顰《ひそ》めてお義母様を睨《にら》みつける。

「……というか、母さん、勝手に茉白を呼びつけて何してるんだよ！」

勝手なことをするなと、ものすごい剣幕だ。

「そんなの茉白さんとお話ししたかったからに決まってるでしょう。あなたが全然会わせてくれないから」

「そんなの当然だろ」

憤《いきどお》る渉さんを軽くいなし、お義母様は私に向かって肩をすくめてみせる。

「あれから渉には嫌われるし、夫にも言いすぎだって叱《しか》られてしまったのよ。だから直接謝りたかったのに、渉が全然取り次いでくれなくて」

「だから、俺がイタリア出張から帰ったら考えるって言っておいたじゃないか」

「そんなのを待っていたらいつになるかわからないじゃない。茉白さんも一人で留守番して寂しいでしょうし、女同士でお話しするいい機会だと思ったのよ」

「いい機会とか勝手に決めるな。こっちにとってはいい迷惑だから」

「茉白さん、どう思う？　渉は親にこんなことを言う子じゃなかったのよ」

目の前で勃発した親子喧嘩《げんか》を眺《なが》めていたら、今度は私に水を向けられた。

——あっ。

言葉の意味を理解して、さーっと血の気が引いていく。

そうか、この親子喧嘩は私が発端で、私が渉さんに悪影響を与えたと思われているんだ。

「私のせいで……申し訳ありません」

青ざめながら頭を下げた私にお義母様が慌てて否定した。

「茉白さん、違うの、勘違いしないでちょうだい。いい意味で渉が変わったということなの。それに今日は私が謝りたくてお呼びしたのだから！」

お義母様が焦った様子で私の肩に手を置いて、ソファに座るよう促した。

渉さんと並んで腰を下ろすと、向かい側のソファにお義母様も座る。真っ直ぐに姿勢を正して私を見つめた。

「先月はせっかく来ていただいたのに失礼しました。さぞかし不快だったでしょう？」

「いえ、そんな、親として当然の心配だと思いますし……」

「当然なんかじゃない、あれは誰がどう見ても失礼だった」

「ちょっと渉さん、お義母様とちゃんとお話をさせて」

私の言葉にしょぼんとした渉さんを見て、お義母様がふふっと笑う。

「だってね、いきなり七歳も年下のお嬢さんを連れてくるって言うし、交際期間は短いしで、そりゃあ疑心暗鬼にもなりますよ」

過去にも渉さんに言い寄ってきていた女性は数知れず。当然そのすべてが礼儀正しく素敵《すてき》な子だったというわけもなく、なかには家までしつこく突撃してくるような子もいたそうだ。

だからお義母様は自分がしっかり見極めねばと身構えていたのだという。

「そういうこともあって渉は女性とのお付き合いにはかなり慎重になっていて。なのにいきなり結婚したいと言い出して、どんな子が来るかと思えば目がくりっとした可愛らしい子で、おまけに巨乳でしょ？　これは渉は顔と胸に陥落させられたなって思うじゃない？」

「ちょ、お義母様！」

「ちょっ、母さん、胸で陥落って、何言ってるんだよ！」

私と渉さんが揃って身を乗り出して大声をあげた。その様子を見て、またしてもお義母様がふふっと笑う。

「だってそうじゃないの？」

こういう一見純情そうな子のほうが実際は強《したた》かだったりするものだ。見るからに派手で悪女に見える女性よりもタチが悪い。要注意だ……そう考えて当たりがキツくなったらしい。

「けれど、帰り際に声を震わせながら渉を庇《かば》う姿に、もしかしたら私の勘違いだったんじゃないのか、本当はいい子だったんじゃないか……って」

ちゃんと話を聞きもせず帰してしまったことを反省したそうだ。

「なのに渉が取り次いでくれないから」

「当然だ」

「けれどね、やっぱり今日来ていただいてよかったと思うのよ。さっきのひかりさんへの啖呵だって見ていて気持ちいいほどだったし」

嫌味な態度に狼狽《うろた》えたり激昂したりすることなく、真っ直ぐな言葉で自分の気持ちを伝える様子に感動したのだとお義母様は言う。

「もう渉への気持ちを疑いようがないわ。私の一方的な思い込みであなたを傷つけるような言葉をぶつけてしまって。……茉白さん、本当にごめんなさいね」

ゆっくりと私に向かって頭を下げてから「あなたのことを見直しました」と真っ直ぐに私を見つめてくれた。

「俺も茉白に惚れ直した」

「ほら、やっぱり渉も変わったたし。こんな恥ずかしいセリフをつらつらと言えるような子じゃなかったのに、いい意味で変わったということね」

それにしても……とお義母様が話題を変える。

「ひかりさんの態度には驚いたわ。優しくて聡明でしっかりしたお嬢さんだと思っていたけれど……人は見かけによらないものね」

人様が心を込めて作った物に文句を言うなんてなってない。いくら家柄がよくても性格が悪いと台無しだ……と憤慨する。

「だけど私も彼女と同じ。中身をちゃんと見ようともせずに、外見や経歴だけで判断してた。心から反省しているわ」

申し訳なさげに眉尻を下げた。

「彼女を渉のお嫁さんにと思ったこともあったけれど、渉のほうが見る目があったということなんでしょうね」

「母さん、茉白の前でそういうことを言わないで」

「あら、私ったら」

お義母様が私に向かって肩をすくめる。その様子を見ていると、もしかしたら彼女はとても正直な人なのかもしれないと思った。家族のために一生懸命で、息子と会社に寄りつく悪い虫を追い払うために必死になっていただけのことで。

自分の非をしっかりと認めて謝ることのできる誠実で真面目な女性、彼女のことなら尊敬できる、きっと大好きになれると確信した。

「お義母様、ふつつか者ですがどうかよろしくお願いします。これからいろいろ教えてくださ い」

膝を揃えて頭を下げる。頭を上げてお義母様を見ると、彼女は「ふむ」と顎に手を当て考える仕草《しぐさ》をみせた。

「そうね……嫁としての教育はおいおいと。でも茉白さん、相手の好みもわからないうちから手作りのお菓子を持参するのは不合格だわ。私がちゃんと教えて差し上げます」

「母さん、そこはお手柔らかに頼むよ。俺が茉白に捨てられてしまう。茉白もこの人の言うことを真に受けなくていいからね」

「それくらいで捨てられるようなら、あなたの魅力が足りないんですよ。精進なさい」

「参ったな」

渉さんが片手で首を撫《な》でる様子に笑いが起こり、リビングが明るい空気に包まれた。それからは和やかな雰囲気で会話が進む。

「――じつを言うと、私は二十二歳でこの家に嫁いできたのよ」

お義母様の告白に私が目を見開く。

「二十二歳……大学を卒業してすぐですか⁉」

「そう、自分で言うのも何だけど、世間知らずの箱入り娘でね」

大学在学中にお見合いをして、卒業と同時に結婚をしたのだという。

「結婚前に花嫁修業で一通りの習い事を覚えていたのだけれど、姑……渉の祖母にはずいぶん厳しく躾《しつ》けられたのよ」

——ああ、だからこんなしっかりしてるんだ。

着物の着付けや上品な身のこなし、それらのすべては穂高家の嫁として長年かけて培ってきたものなのだろう。

「外で仕事をされているぶん茉白さんのほうが社会を知っているのかもしれないわね。なのに偉そうなことを言って、恥ずかしいわ」

「いえ、私こそ知らないことばかりで。これから頑張って覚えていきたいと思います」

「ありがとう。渉のことをよろしくね。この子は軽口で拗《す》ねてみせることはあっても、声をあげて本気で反抗するということがなかったの。この子にここまでさせたのは……成長させてくれたのが茉白さんだったのよね」

今が遅れてきた反抗期みたいなものかもしれないとコロコロ笑う。

自分の話題を持ち出され、渉さんが「母さん、お願いだからもう黙って」と降参モードに入った。

「ふふっ、渉さんが困ってる」

「今聞いたことは忘れてほしい」

そんなやり取りをしている私たちを、お義母様が生温かい目で見守っている。

「息子が一人前の大人になって、母親としてこんなに嬉しいことはないわ。人は守りたいものができたときにこそ、本当の意味で強くなれるのかもしれないわね。茉白さん、これからは『茉白ちゃん』と呼ばせてちょうだい」

「お義母様……」

「堅苦しい呼び方はやめましょう、私のことは『お義母さん』と呼んでもらえる？　だってあなたは私の息子の大切な妻で、私の娘になったんだから」

渉さんとよく似た柔らかい微笑みを向けられて、瞼《まぶた》の裏が熱くなる。

「これからは私があなたの味方になります。茉白ちゃんをいじめる人がいたらすぐに言ってちょうだい。私があなたの盾になりますから」

「よく言うよ、自分が真っ先に茉白のことをいじめたくせに」

「だから反省していると言ったでしょう」

そのやり取りは楽しげで、まさしく親子のじゃれ合いで。

――そうか、結婚とは好きな相手と一緒になるだけでなく、大切にしたいと思う人が増えることなんだ。

「ほら、茉白ちゃん、私のことを呼んでみて」

「茉白、無理はしなくていいんだぞ」

二人が期待の籠《こ》もった目で私を見つめる。

「……お義母、さん」

「はい、茉白ちゃん」

「お義母さん……っ」

慈愛の籠もった口調で名を呼ばれ、ほっとした途端に涙が溢《あふ》れてきた。あとからあとから込み上げて、とうとう自分でも止められなくなった。

「茉白ちゃん、たくさん悲しい思いをさせてごめんなさいね。もう泣かないで」

お義母さんが私の隣に座り、そっと両腕で抱きしめてくれる。ほのかなお香《こう》の香りが母の記憶を呼び起こし、とても懐かしくて安心できるような気がした。

「ちょっと、茉白は俺のだから」

渉さんが私の肩を抱き寄せて、お義母さんからベリッと引き剥《は》がす。

「あら、うちの息子はずいぶん大人げないこと」

「愛情深いと言ってくれ」

その会話が楽しくて嬉しくて、私はポロポロと涙をこぼしながら、お腹を抱えて笑ったのだった。

――ああ、楽しいな。

両親を亡くし、ストーカー被害に遭って仕事を変えて。渉さんのご両親やひかりさんの言葉に傷ついたりもしたけれど。

――けれど、もう……。

私はとても、幸せだ。

マンションの玄関に到着すると、ドアが閉まった途端に間髪《かんはつ》をいれずに抱き締められる。すぐに唇が重なった。私も渉さんの後頭部に両腕をまわし、自ら唇をひらいて彼を求める。舌が淫《みだ》らに絡み合い、チュクチュクと湿った水音と短いリップ音が玄関に鳴り響く。

互いに言葉を発せずともわかる。私たちは今、とても興奮しているのだ。

初エッチなら、とっくに済ませている。なんならその日から一緒に住んでいるし、入籍してからはもうすぐ一ヶ月だ。

――けれど、今日のこの日も特別で。

愛する男性《ひと》の大切な存在《おや》に認めてもらえた。お義母さんから私のことを息子の妻だと、自分の娘なのだと言ってもらえた。

それが本当に嬉しくて。

大学二年のときに両親を亡くし、茫然《ぼうぜん》自失のままで瑠衣子さんの家に転がり込んだ。一人暮らしに戻ってからも、陰になり日向になり支えてくれたのは、間違いなく瑠衣子さんだった。

紛れもなく彼女が私の第二の母親だったのだ。

――だけど今日からは……。

私にはもう一人の母親ができた。

私の味方になると、盾になるからときっぱり言い切ってくれる、凛《りん》とした大和撫子そのもののような女性《ひと》。今日から私はあの人を『お義母さん』と呼べるのだ。

人生は辛《つら》いことばかりだと、不幸の繰り返しなのだと悲観した日もあったけれど……。

「渉さん、私……」

「ああ、わかってる。俺だって嬉しいんだ」

私の頬を伝う涙を彼が唇で拭ってくれる。そのまま再び口づけて、顔の向きを何度も変えながら、酔ったように濃厚なキスを繰り返す。

呼吸が苦しくなり、唇が腫《は》れぼったくなる頃にようやく顔が離れていった。

「茉白、スカートを捲《まく》って」

彼の言葉に頷いて、両手で紺色のワンピースの裾をたくし上げる。阿吽《あうん》の呼吸で無言のまま脚をひらくと、それを認めた渉さんが満足げに口角を上げた。

渉さんが私の前にひざまずく。ショーツごとストッキングを脱がせて手に持って、「もうぐちょぐちょだ。意味ないだろ」と乱暴に丸めて廊下に放り投げた。

「あっ！」

いきなり片脚を持ち上げられて、彼の肩に担がれた。バランスを崩した私が後ろのシューズラックに勢いよくもたれかかる。

カタン！　と乾いた音がしてフォトフレームが倒れた。アロマディフューザーの小瓶が動いてラベンダーの香りが一層強くあたりに漂う。しかしそれを気にしたのも束《つか》の間《ま》、彼が私の秘部に顔を寄せた途端に全てがどうでもよくなった。

「もうこぼれちゃいそうだな」

「……っ、あっ！」

渉さんが蜜の溢れる割れ目を舐め上げた。まるで喉の渇いた犬か猫のように、彼が下から上へと繰り返し舌を這《は》わせ続ける。

彼の顔が動くたびにピチャッと水音が立つ。生温かい舌に撫でられていると腰から下が溶けてしまいそうだ。

快感がじわじわと湧き上がり、徐々に大きく強くなっていく。

片脚を担がれ股を大きくひらいた状態でのコレは責め苦に近い。地面に着いたつま先に力を入れて快感を逃そうと試みるものの、蜜口がヒクヒクつくばかりで意味を成さない。

「茉白、我慢してるの？　こんなにココをヒクヒクさせて……可愛いな」

両手で花弁を大きくひらき、溢れる愛液を啜《すす》られる。

「ああっ！」

ジュッと湿った音が立つたびに強い刺激が腰を伝う。苦しい、けれど気持ちがいい。脚を閉じたい、ひらいていたい。私の葛藤を嘲笑《あざわら》うかのように、渉さんが唇を移動させる。

「こっちも可愛がろうか」

指先で器用に包皮を剥《む》いて、小さな粒にキスをした。たったそれだけなのに電気みたいな刺激が走る。

「やっ、駄目ぇ！」

けれど渉さんはすでに私のことを知り尽くしている。

『本当はこうしてほしいんだろう？』とでも言うかのように、私の言葉などお構いなしに口淫《こういん》を続けた。

剥き出しの蕾を口に含み、舌先でレロレロと転がした。飴玉《あめだま》みたいにしゃぶられて、その一点がジンジンと痺れだす。

「ああっ！　強い……っ、刺激が、強すぎる……っ、からぁ」

喉を曝《さら》して仰け反るも、彼の動きは止まらない。

「渉さ……、あっ、んっ」

「ふっ、ぷっくり膨らんできた。気持ちいいの？」

「気持ちいい。でも……」

「ああ、イかせてあげる」

両手でさらに花弁をひらく。その上の蕾をガジガジと甘噛みし、舌で左右に揺らすのを繰り返された。

もう痛いのか気持ちいいのかわからない。ただハッキリしているのは、渉さんがいつも以上に意地悪で、私がそのことにいつも以上に感じてしまっているということだ。

むず痒《がゆ》い感覚が大きくなって、奥から波が生まれだす。

「いいっ、気持ちい……、もう……っ」

私の疼《うず》きを察したように、渉さんがフィニッシュとばかりに口淫を激しくする。

「イけよ」

蕾に強く吸い付いて、チューーッと甲高い音を立てた。ちぎれるかと思うほどキツい吸い上げが、熱くて辛いのに気持ちいい。腰が痺れて快感が背中を駆け上がった。

「やっ。ああーーーっ！」

過去にないほどの快感に耐えきれず、私は太腿を震わせながら達してしまったのだった。

「あ……っ」

脱力し、立っていられなくなった私がシューズラックを背にズルズルとしゃがみ込む。そこをすかさず渉さんが抱き止めて廊下に横たえてくれる。冷たい床の感覚が心地よく、火照《ほて》った身体を静めてくれるみたいだ。

——あっ、気持ちいい。

ほっとしたのも束の間、彼が私の脚のあいだに陣取った。こちらを見下ろしながらスーツの上着を脱ぎ捨てる。続いてネクタイも襟から抜いて床に落とした。

——えっ？

その目に熱情を見てとって、私の中で警報が鳴った。そうだ、気持ちよくなったのは私だけで、渉さんはまだ服を脱いでもいなかった。だけど、でも、まさかこんなところで⁉

私の予感は当たっていたようで、彼が私の膝を大きくひらく。すぐさま二本指を蜜口に挿し入れ抽送を開始した。

「駄目っ、イったばかりだから……っ！」

私の叫《さけ》びも虚《むな》しく、彼が全速力で隘路を擦《こす》る。達したばかりのナカは敏感で、あっという間に淫らな音を立て始める。グチュグチュと粘着質な音を廊下に響かせながら、どんどん蜜を溢れさせている。生温かい液がお尻を伝い、床へと落ちていくのが自分でもわかった。

感じすぎて苦しいくせに、またもや奥が疼き始める。甘ったるい快感がじわじわと込み上げてきて、気づけば彼の指の動きに合わせて自然に腰が揺れていた。

——きもちいい。だけど私がほしいのは……。

「……渉さん、もう、お願い」

早くイきたい、達してしまいたい。お腹の最奥で燻《くすぶ》っている火種を燃やし尽くしてしまいたい。理性があっという間に吹き飛んで、思わず本音を洩《も》らしてしまう。

「指じゃなくて、渉さんがほしい」

口を半開きにして喘《あえ》ぐように懇願する。そんな私の姿を渉さんは黙って見下ろしたままだ。

「茉白は素直で可愛いな」

指の抜き差しを繰り返しながら、彼が嬉しげに目を細める。

「だけど俺も興奮しすぎていて、長く保ちそうにないんだ。俺のを挿れる前にもう一度イって」

「あっ！」

抽送が一気に速まった。隘路を指で拡げつつ、浅いところで天井のあたりを掠《かす》めていく。

「ああっ！　そこは、駄目ぇ」

彼は私の感じる場所を知り尽くしている。快《い》いところをトントン、とノックされれば思わず腰を浮かせてしまう。

うっすらと目を開けると渉さんも満足げだ。

「も……渉さんは、いじわる、だ」

息も絶え絶えに訴えた。

「ああ、俺もそろそろ我慢できそうにない。茉白、それじゃあイって」

渉さんの右手の指が猛スピードで抽送される。同時に左手で蕾をキュッとつねられた。熱くて痛くてきもちよく、すぐそこまで来ていた快感の塊がパンッ！　と弾《はじ》けた。

「あっ、ああーーっ！」

目の前で光が瞬《またた》いて、私は今日二回目の絶頂を迎えたのだった。

「ベッドに行こう」

くったりとした私を抱き上げようと、渉さんが膝裏に手を差し入れる。私は首を左右に振って、彼の腕から身体を逃した。

「いいから、このままで」

「えっ？」

困惑する渉さんを私はじっと見つめる。

「ここでいい。早く来て」

ベッドに行くまで待ってなんかいられない。早く彼と一つになりたい。身も心も魂さえも一つになって溶け合って、今日の喜びと感動を二人で感じたいから。

「渉さん、早く一緒に、きもちよく、なろ？」

「……茉白っ！」

言うが早いか彼がスラックスのベルトを外し、ボクサーパンツと共に脱ぎ捨てた。ブルンと飛び出した屹立はすでに興奮状態で、先端から透明な汁を滲《にじ》ませている。彼もギリギリまで我慢してくれていたのだ。

彼が私の膝を割り、すぐさまナカに挿入《はい》ってきた。避妊具一枚の隔たりもない交わりは感覚をダイレクトに伝えてくる。彼の屹立がナカでグンと勢いを増すのがわかった。

「ああーーっ！」

いきなりズンッと最奥を突かれ、私は喉を曝して嬌声《きょうせい》を上げる。間髪をいれずに激しい抽送が始まった。彼が腰をぶつけるたびに、最奥が勢いよく叩《たた》かれる。身体が上下に揺さぶられ、私は顔を左右に振って悶絶《もんぜつ》の声を洩らす。

奥で燻っていた火種が燃え盛り、あっという間に全身を包む。

「やっ、もう……また、イっちゃう……っ」

「俺も、もう……出るっ！」

私の嬌声と低い呻《うめ》き声が同時に響く。続いてお腹の中にじわりと熱が広がった。彼が私のナカで達してくれたのだ。

――よかった、渉さんも気持ちよくなってくれた。

そのとき。

ほっとしたところで渉さんに手を引かれ身体を起こされて、いきなり天地が逆転した。

気づけば私の代わりに渉さんが廊下に寝そべっており、なぜか私が彼の腰の辺りに跨《また》がっている。

「えっ、これ、何？」

「茉白が自分で挿れて」

動揺する私を下から見上げ、渉さんが楽しげに目を細めた。

「こんな硬い廊下でこれ以上茉白を下になんてできないよ。だから茉白が上で動いてよ」

「挿れるって、上で動くって……ええっ⁉」

エッチは何度もしているけれど、こんな体勢になったのは初めてだ。どうしたものかと目をぱちくりさせていたら、渉さんが「早く」と私のお尻を揉《も》んで急《せ》かす。

「だったらベッドに……」

「ベッドに行こうとしたのを引き止めたのは茉白だろう？　だからほら、ちゃんと責任を取って」

いたずらっ子みたいな表情で下から腰をぐいぐい押し付けてくる。そのたびに私のクリが刺激され、またもや疼きが湧いてきた。

「もっ、もう……」

言いながら私もその気になってきて、そろりと腰を持ち上げた。膝立ちになって見下ろすと、彼の漲《みなぎ》りはすでに臨戦状態だ。天に向かって勢いよく勃《た》ち上がっている。私はソレを片手で握り、固定したままゆっくりと腰を下ろした。

先端が蜜口を割り、ツプッとナカに挿入《はい》ってきた。そこから先はかなり勇気が必要だ。躊躇《ちゅうちょ》して動きを止めたその瞬間、渉さんが両手で私の腰を鷲掴《わしづか》み、下から勢いよく腰を突き上げてきた。

「やっ、ああーーっ！」

硬くて熱い漲りが最奥目がけて突き刺さる。子宮口に激しくぶつかって、振動が私の脳天まで揺らす。過去にないほどの衝撃だ。

「ほら、茉白、動いて」

動揺している暇もなく渉さんに催促された。私の下でユサユサと腰を揺らし、私の動きを促している。

彼の動きに合わせてゆっくりと腰を前後に動かしてみる。そのたびにクリが擦れてきもちいい。最初は恐る恐る、しかしすぐに腰の動きが速くなり、しまいには必死になってクリを彼のお腹に擦り付けていた。

「あっ、んっ、いい……っ」

小さな蕾がぷっくりと膨れ、またもやツンと勃ち上がる。お腹の奥が熱くなり、その先を求めて隘路が疼く。

もう自分でも止められない。あとはこの刺激が爆《は》ぜるまで必死で腰を振るのみだ。

無我夢中で快感を追いかけていると、渉さんも腰を動かしてきた。

「茉白、上手だよ」

「渉さんも、気持ち、いい？」

「ああ、最高だ。もうすぐイってしまいそうだ」

——渉さんが、私の動きで気持ちよくなってくれている！

それがとっても嬉しくて、隘路がキュッと窄《すぼ》まった。

「うあっ！　茉白、すごい締め付けだ。もう……っ」

「私も……。渉さん、一緒に、いこ？」

私はますます動きを速くする。ナカもクリもビリビリ痺れ、そろそろ限界だと伝えてきた。

荒い息遣いが廊下に響き、あとは無言で腰を振る。二人のリズムが重なって、共に山の頂《いただき》目がけて駆け上る。目の前に閃光《せんこう》が瞬いたその瞬間、私は嬌声を上げて絶頂を迎えた。

「ああっ、イくっ！」

「俺も……っ」

――よかった……っ。

けれど私は疲労困憊《こんぱい》すぎて。

一緒にイけた喜びに浸る間もなく、私の意識はあっという間に白い光に吸い込まれてしまったのだった。

＊＊＊

「――茉白、またドレスの写真を見てるの？」

六月中旬の夜、もこもこした半袖のルームウェアでソファに座り、パソコンの画面を眺《なが》めていたら、お風呂上がりの渉さんが話しかけてきた。

「えっ、どうしてわかったの？」

「だって表情筋が緩んでニヤニヤしてた」

――ニヤニヤって⁉

だけど本当のことだから弁解のしようもない。

渉さんと私は来月末に結婚式と披露宴を執り行うことになっていて、明日はお義母さんの知人のブティックでドレス選びをすることになっているのだから。

事の発端はお義母さんと和解を果たしたお茶会の席。渉さんと三人でお茶とお菓子とお喋りを楽しんでいたときのことだ。

『早く披露宴の日取りを決めなくちゃね』

唐突な言葉に渉さんと私は顔を見合わせた。

『そんな、お式はお義父さんの体調が落ち着いてからで……』

お義父さんは社長職に復帰を果たしたというものの、まだまだ完全に身体の具合が戻ったというわけではない。無理をさせたくないと言う私にお義母さんが言葉を続けた。

『でもね、茉白ちゃん、お腹が大きくなったらウエディングドレスの選択肢が狭まるでしょう？』

『お腹？　……ですか』

意味がわからず首を傾《かし》げる私にお義母さんがぷっと吹き出す。

『茉白ちゃんは本当にウブなのねぇ。あのね、お式がまだでも入籍して一緒に住んでいたらいつ妊娠したっておかしくないの。茉白ちゃんは赤ちゃんが嫌い？　渉との子供は欲しくない？』

——あっ！

ウブなわけではないけれど、すでに入籍していることからそのあたりは自然に任せればいいと考えていた。お義父さんの体調もあるし、場合によっては挙式披露宴がなくてもいいとさえ思っていて。だから挙式時のドレスのことが頭からすっぽり抜け落ちていたのだ。

そうか、その前に妊娠する可能性があったんだ。

『私は茉白ちゃんのドレス姿を見てみたいわ。ねえ、結婚式をしましょうよ』

『……はい、したいです！』

——贅沢《ぜいたく》なのかもしれないけれど、ドレスを着て結婚式を挙げたいし渉さんの赤ちゃんも欲しい。

こうしてお義母さんの後押しもあって、あれよあれよという間に都内のホテルでの挙式披露宴が決定したのだった。

「——あっ、渉さん、まだ髪の毛が濡《ぬ》れてるよ。こっちに座って。乾かしてあげる」

洗面台からドライヤーを取ってきてオンにする。温風と共に大きな排気音が鳴り響き、ソファで寛《くつろ》いでいたショコラが「ウギャッ！」と毛を逆立てて飛び下りた。

瑠衣子《るいこ》さんが千葉《ちば》県で行われている保護猫の譲渡会に参加したついでに友達の家に泊まってくるというので、金曜日の今日と明日の二日間だけ我が家でショコラを預かっているというわけだ。

今日はショコラは私と一緒に渉さんの送迎で出勤したのだが、車内でも大人しくしていて居心地は悪くなさそうだった。

ちなみに先日は渉さんが社員二名と連れ立って『ショコラ』を訪れてくれて、六十分コースを堪能していった。渉さんが『ここでスリッパに履き替えて』だの『ドリンクは飲み放題だけど、ふれあいルームには持ち込み禁止だから』だのと店員よろしく仕切っていたのがおかしかった。

明日はドレス選びのあとで、お義母さんと渉さんと三人で『ショコラ』に客として訪れる予定だ。

これもお茶会の席で判明したのだが、どうやらお義母さんは猫嫌いではなかったらしい。

『――今度私も猫カフェに行かせてちょうだいね。興味があるわ』

あの日、感動で泣き続けていた私の涙がおさまった頃、紅茶を飲みつつお義母さんがニコニコと話しかけてきた。

渉さんが『えっ』と声をあげる。

『けれど母さんは猫が苦手だったろう？』

『あら、どうして？』

『だって俺が小学生のときに飼っちゃ駄目だって』

お義母さんは遠くを見るような目をして考え込んでいたけれど、記憶の糸を辿《たど》ることができたらしい。しばらくすると『ああ、そんなことがあったかも』と両手を打った。

『あれは、あなたのお友達が猫アレルギーかもしれないって、その子のお母様から聞いていて。まだ確定ではなかったのだけど、何かあってからじゃ遅いでしょ?』

『俺はそんなこと聞いてなかった』

『だからまだ診断がついていなかったの。なのによそ様のお子さんの身体のことを私が勝手に話しちゃいけないでしょう?』

『ええっ、そうだったのか』

となんだか腑《ふ》に落ちない様子の渉さんを横目に、お義母さんが楽しげに話しかける。

『茉白ちゃん聞いてちょうだい、この子ったらどうしても仔猫《こねこ》を手放すのが嫌で、雨の中で抱きしめたまま寝ちゃってね』

お義母さんと通いの家政婦の二人で傘を差して探しまわっていたところ、電柱の陰で体育座りのまま寝ている渉さんを発見したのだという。

『この子の腕の中で泣いている猫が可愛らしくて、放っておくことができなくてね』

それでも家では世話ができないため、家政婦を通じて動物保護団体に仔猫を引き取ってもらったのだという。

『……嘘《うそ》だろ、だったらそう言ってくれよ。俺の中では結構なトラウマだったんだけど』

『あれからあなたがすぐに高熱を出して寝込んでしまって、それどころじゃなかったじゃない』

『そうだけど、俺的には猫がいなくなった記憶が強烈だったから』

『まぁ、そうだったかもしれないわね。でも、可愛い三毛猫ちゃんだったから、きっと誰かにもらわれて幸せに暮らしたわよ。ほら、それこそ猫カフェとか』

『三毛猫……!?』

私と渉さんが顔を見合わせる。

『ショコラのご先祖様だったりして』

『だったら嬉しいけどな』

なんていう会話があって、お義母さんの猫カフェデビューが決定したのだった。


「ミャーオ」

ドライヤーを終えてしばらくすると、ショコラが私の足元に戻ってきた。ピョンとソファに飛び乗って私の膝の上を陣取った。私のお腹にスリスリと身体を擦り付けながら「ミャーオ」と鳴いて見上げてくる。

「おやつの催促かな」

「えっ、さっき俺がマグロ味を一本あげたらチュルチュル舐めてたけど。ショコラ、もうすぐお父さんになるんだから食い意地が張ってちゃ恥ずかしいぞ」

ショコラは最近、同じ三毛猫のお嬢さんとお見合いをしたばかりだ。カップリングは成功し、二ケ月後には出産予定になっている。

「あんなつぶらな瞳の可愛い子をお嫁さんにするとは、ショコラも俺と同じで面食いだったんだな」

「ふふっ、面食いって」

「だってそうだろう？　生まれてくる仔猫もきっと可愛いだろうな。仔猫は全部瑠衣子さんが引き取るの？」

「そのつもりみたい。いったん瑠衣子さんが引き取ってから譲渡先を探すって。一匹はいずれお店に出てもらうかも」

私たちがそんな会話をしているあいだもショコラがニャーニャー鳴いている。何度もお腹にスリスリしては私を見上げる動作を繰り返す。

「どうしたのかな。ふふっ、そんなに私のお腹が気になるの？」

と笑ったところで私の脳裏に閃《ひらめ》くものがあった。

——あっ！

「ねえ、渉さん……私、今月まだ生理が来ていない」

「えっ⁉」

「もしかしたら、赤ちゃんができているのかもしれな……」

「薬局に行ってくる！」

言うが早いか疾風のごとく駆け出して、十分もかからず検査薬を片手に帰ってきた。

検査薬の判定は陽性。私たちはその場で抱きしめ合って喜んだ。ソファで寛いでいるショコラを渉さんが両手で抱き上げる。

「さすがショコラ！　よし、おまえにはおやつの二十本バラエティパックを買ってやろう。男と男の約束だ」

固い友情が芽生えたらしく、勝手に約束を取り付けている。

私がソファに座ると渉さんも隣に座る。

「茉白、最高だ、ありがとう」

「私こそ」

熱い視線が重なって、顔がゆっくりと近づいて……。

「ミャーオ！」

ショコラがピョンと膝に飛び乗ってきた。

「ふふっ、ショコラは赤ちゃんが気になってしょうがないのかな」

私がショコラの背中を撫でてあげると、渉さんが「あーあ」とため息をつく。

「俺が最初に気づきたかったのに。やっぱりショコラが一番のライバルだな」

「私は渉さんのことが一番好きだけどね」

コツンと渉さんの肩に頭を乗せると、彼が私の顔を覗き込んできて。

片手で顎を掬《すく》われて、ゆっくりと唇が重なった。

「ミャオーン」

ショコラが一声鳴いて飛び下りる。

そのあとは、キスがどんどん深くなり、甘い吐息で部屋が満たされるのだった。

Fin

番外編　猫と癒やしと記念日と

「渉《わたる》さん、今からお茶を淹《い》れるから少し休憩しない？」

私がドアをひらいて書斎を覗《のぞ》くと、渉さんが本を持つ手を止めてこちらを向いた。

「ありがとう。よし、今日はこれくらいにしておくか」

開封済みの段ボール箱を見下ろしながら立ち上がり、額の汗を拭う。

今にも蕩《とろ》けそうな笑顔でこちらに歩み寄り、私の腕に抱かれている九ケ月の愛娘《まなむすめ》の頭を撫《な》でた。

「茉優《まゆ》、一緒におやつを食べるか」

あと数日で師走を迎える十一月最後の日曜日、私たちは引っ越したばかりの新居を片付け中だ。

私の妊娠直後から３ＬＤＫのマンションに引っ越したいと言い続けていた渉さんが、

『HODAKAコーポレーション』所有の物件で希望どおりの部屋が空きそうだ……と告げたのが三ヶ月前のこと。

それからあれよあれよと話が進み、昨日引っ越してきた先がここ、以前と同じマンションの最上階にあるペントハウスだった。

引っ越し作業のほとんどを業者に頼んでいたし、同じ建物内での移動ということで普通の引っ越しよりは楽なのだろう。

それでも昨日はお義母《かあ》さんが『小さな子供がいては大変だから』と茉優を預かってくれたり、瑠衣子《るいこ》さんがお店の休憩時間に食事の差し入れを持って来てくれたりとサポートしてくれて、家族のありがたみを改めて感じた。

そして引っ越し二日目の今日も、私たちは休みをもらって荷解き作業をしているというわけだ。


「――よし茉優、こっちにおいで」

手を洗った渉さんが私の腕から茉優を抱き上げる。私がキッチンにお茶を淹れに行くと彼は迷うことなく居間へと向かい、敷き詰めたマットの上に鎮座している柵状のベビーサークルに茉優を抱いたままいそいそと入っていった。

このベビーサークルは穂高《ほだか》のご両親からプレゼントされたものだ。白木を使った頑丈な造りになっていて、出入り口のゲートはロックできるようになっている。

『渉が小さいときも、うちにこのタイプのを置いていたのよ。高さがあるから勝手に出られないし、柵につかまって立ったり歩いたりの練習もできるから』

そうお義母さんが言っていたとおり、最近になって茉優がつかまり立ちを覚えたため、渉さんはその様子が見たくてことあるごとに茉優とベビーサークルに入りたがるのだ。

私がキッチンで湯を沸かしているあいだも、後ろから「おっ、茉優はハイハイが上手だなぁ」とか「パパのところにおいで」なんて声が聞こえてくる。

——もう、渉さんたら甘々なんだから。

茉優が生まれたのは昨年の二月七日だ。出産予定日を過ぎてもその兆候がないことにヤキモキしていた渉さんだったが、それから二日遅れで生まれてくると、『俺たちの交際記念日と同じ日だなんて運命だ！』とベッドサイドで私の手を握りしめながら涙を流していたのを昨日のことのように思い出す。

ちなみに渉さんは記念日を祝うのが大好きで、『交際記念日』や『結婚記念日』といった定番なものから『初猫カフェで茉白《ましろ》と出会った運命の日』や『初キス記念日』、『初エッチ記念日』、『茉白から俺への初フェ……（以下自重）』などなど、様々な記念日が彼のスマホのカレンダーには記録されている。

その日には可能な限り家で夕食をとるようにしてくれていて、帰宅時に玄関で『〇〇記念日おめでとう。愛してるよ』とピンクのバラの花を一本渡してくれる。なんでもピンクのバラの花言葉は『感謝』なのだそうだ。

きっと今回の引っ越しも『家族で引っ越した記念日』みたいなタイトルをつけてカレンダーに登録されるのだろう。

本当に申しぶんないくらいのよき夫でよきパパで。出産後は休職して育児に専念している私を気遣って、仕事がない日は率先して育児や家事を請け負ってくれている。そう、今みたいに。

「渉さん、お茶の準備が……って、ふふっ、いつの間にか仲間が増えてるし」

ティーセットと手作りのバナナパンケーキをダイニングテーブルに置いてリビングを見ると、ベビーサークルの中にはメンバーが一人増えていた。

――いや、一匹か。

サークルの中には木製の積み木や知育絵本、オモチャのピアノなどが持ち込まれており、今は茉優がお座りしながらピアノの鍵盤《けんばん》を叩《たた》いてはしゃいでいる。

それを見ながら「天才ピアニストだな」と冗談とも思えない口調で感心している渉さんと、そんな二人にお構いなく音が鳴るネズミ型の蹴りぐるみに抱きついてチューチュー音を鳴らしているオス猫のココ。

ピアノとチューチューの不協和音と彼らの自由ぶりに思わず笑いが込み上げてしまう。

「ふふっ、あなたたち、本当に仲がいいよね。悪ガキ三人組って感じ」

「いやいや、天使が一人と悪ガキ一匹と保護者が一人だろ」

私がサークルの外から中を覗き込むと、渉さんが心外そうに唇を尖《とが》らせた。

「それじゃあ保護者さん、うちの天使さんと一緒に手を洗ってきてくださいな」

「はーい。さぁ茉優姫、お手々を洗いに行きますよ」

渉さんが天使で姫の茉優を抱えて洗面所に向かう。それを見届けてから私はサークルに残っているココに話しかける。

「さあ、ココも一緒におやつタイムにしようね。さっき焼けたばかりのササミジャーキーがあるよ」

私がココを抱き上げるとエプロンからササミの匂いがしたらしく、喉を鳴らしてニャーンと返事をしてくれた。

ココはショコラの息子の三毛猫だ。私たちの結婚式と同時期に三匹兄弟で生まれてきた。その頃にはショコラの子供を一匹もらうことを夫婦で決めていたため、生まれてすぐに先方の家にご対面に行ってこの子を選ばせてもらった。迷うことなく即決で。

決め手になったのは、渉さんと私が同時に『ショコラだ！』と声を出すほど一番ショコラに似ていたことだった。

『ココア』という名前は渉さん命名だ。『ショコラ』がチョコレートをフランス語にしたものだったことから、その息子もチョコレートにちなんだ名前にしようと考えたらしい。

『ココアはチョコレートと同じくカカオ豆からできているだろう？　でもココアだとそのますぎるし呼びにくいから〝ココ〟でどうかな』

渉さんから提案されて、私はすぐさま賛成した。呼びやすくて可愛《かわい》らしいこの名前を渉さんも私も気に入っている。

私が魚のイラストが描かれたフードボウルにササミジャーキーを入れてあげると、ココが大喜びで寄ってくる。ココがショコラそっくりなのは嬉《うれ》しいけれど、おデブになってほしくはないのでおやつはなるべく手作りのものを与えるようにしている。

私がキッチンで手を洗い終えたところで渉さんと茉優が戻ってきた。渉さんが茉優をテーブル付きのハイチェアに座らせベルトを装着してくれる。

私がプラスチックのお皿にミニサイズのバナナパンケーキを載せて目の前に置いてあげると、茉優がキャッキャと喜びながら手掴《てづか》みで頬張った。

彼女はあと一週間もすれば十ヶ月、離乳食をよく食べるからか、最近になってようやく夜間の授乳が必要なくなってきた。

そろそろベビーベッドを個室に移してもいいかもと考えていたところだったので、この時期に引っ越しできたのはベストタイミングだったと思う。

そんなことをぼんやりと考えていたら、足元でココがミャーと鳴く。空のフードボウルを前に私を見上げ、「もっと欲しいニャー」とでもいうように何度も鳴いて訴えてくる。

「ココ、もう全部食べちゃったの？　仕方がないなぁ、それじゃあ小さいのを一切れだけね」

つぶらな瞳の可愛さに負けて私が腰を上げたそのとき。

「コーコー」

――んっ⁉

渉さんと私が同時に茉優に注目する。

「コーコー」

――あっ！

「ココだ！」

渉さんと私が同時に叫《さけ》ぶ。

私が「すごい！」と飛び跳ねて、渉さんが「茉優、お喋《しゃべ》りできるようになって偉いぞ！」と彼女の頭を撫でる。褒《ほ》められた本人は私たちの興奮もどこ吹く風で、何事もなかったようにパンケーキを頬張っている。

呼ばれたココも名前を呼ばれることよりササミジャーキーのほうが優先順位が上らしい。フードボウルを前あしでカチャカチャ揺らして今か今かと待っている。

「はいはい、ちょっとお待ちくださいね」

私が一枚追加してあげるとココが待ってましたとばかりにがっついた。さすがショコラの息子、彼がおデブになるのは避《さ》けられないのかもしれない。

椅子《いす》に座って渉さんを見ると、どういうわけか冴《さ》えない表情をしている。

「渉さん、どうしたの？　パンケーキ、美味《おい》しくなかった？」

茉優のためにお砂糖控えめではあるけれど、大人用にはメープルシロップをかけてあるから甘さは足りてるはずなのだけど。

焦《あせ》って訊《たず》ねる私に渉さんが首を横に振る。

「茉白のパンケーキは甘すぎずふわふわで美味しかった、さすが俺の茉白は料理上手だ、最高だ。何枚だって食べられる。また作ってほしい」

暗い顔の割にはスラスラとお褒めの言葉を連ねてくれた。

——それじゃあ、何？

私が首を傾《かし》げたところで渉さんが思い詰めた様子で口をひらく。

「ココに負けた」

「えっ？」

「茉優の初めての言葉が『ココ』だなんて……。『ママ』と言うなら諦めがつくが、よりによって『ココ』って、コイツに先を越されるだなんて思わないだろう？」

額に手を当てテーブルに片肘をつく。冗談抜きで心底悔しそうな様子なので、笑い飛ばすのも可哀想《かわいそう》になった。

「私がいつも『渉さん』って呼んでたのがいけなかったのかも。それじゃあ、これからはなるべく『パパ』って呼ぶようにするね。うん、そうしよう！」

「いや、俺は茉白に名前で呼んでほしいし」

——うわっ、面倒くさっ！

と口に出しそうになったが余計に傷つきそうなのでグッと堪《こら》える。けれどもしかしたら渉さんは私の想像よりも面倒くさい人なのかもしれない。

「ふふっ」

思わず笑いをこぼした私を渉さんが不思議そうに見つめてくる。

「どうした？」

「出会ったときはとても紳士で落ち着いていて、私なんかじゃ手の届かないような人だと思っていたのにね」

「幻滅した？」

不安げに眉尻を下げた彼に私は「ううん」と即答する。

「そんなところも可愛らしくていいなって思って。私はどんな渉さんでも大好きだよ」

「茉白……」

ようやく彼の顔が綻《ほころ》んで、ついでに瞳が意味ありげに細められる。

「茉白、今日から茉優のベビーベッドを子供部屋に移すって言ってたよね」

「えっ？　うん」

ペントハウスはメインベッドルームが以前の部屋よりかなり広く、移動式の間仕切りで二部屋に分けることができるようになっている。その一つを茉優の部屋にすることが決まっていた。

彼女がもう少し大きくなったら、今度は廊下を隔てた六帖の洋間を子供部屋にするつもりだ。

「それじゃあ……今夜、いい？」

それだけで彼の言いたいことが伝わった。

茉優が生まれてからはエッチの回数が減っている。夜間の授乳で寝不足だったということもあるが、一番の理由は赤ちゃんが寝ているすぐそばでは気になって集中できないというのが大きい。

「……うん、いいよ」

途端に渉さんがぱあっと表情を明るくする。隣の茉優の皿を見て、「おっ、いっぱい食べられたな。それじゃあ手を洗ってからパパとまた遊ぶか」と片付けを始める。

「なんだか張り切ってるね」

「当たり前だろ。いっぱい遊んで疲れて熟睡してもらわないと」

「なるほど。それじゃあ私は寝室を分けて茉優の絵本を移動させておくね」

「ああ、よろしく頼む」

渉さんが茉優をハイチェアから床に下ろすと、彼女は一足先にリビングのソファで寛《くつろ》いでいたココを目掛けてハイハイを始める。小さなお尻をフリフリしながら猛スピードで向かっていく様子に、私たちは顔を見合わせ笑い合う。

「ココを引き取ってよかったね。茉優のいいお友達になってくれたし、私もあの子たちを見ているだけで癒《い》やされる」

「そうだな。茉白を射止めるまではショコラがライバルだったけど、茉優に関してはココがライバルだな」

「ふふっ、私の一番は渉さんだから、それで我慢して」

「我慢だなんて……俺の一番も茉白だし」

茉優ももちろん愛しているけれど、女性として誰より愛おしいと思う相手は茉白だけ。そう耳元で囁《ささや》いて、私の腰を抱き寄せた。

「……今晩がとても楽しみだ。今日はいっぱい可愛い声を聞かせてくれる？　俺も久しぶりに、激しく突きたい」

彼の瞳に熱が籠《こ》もり、声に甘さが加わった。それはさっきまでの『パパ』の顔とは全然違い、性的な色気を纏《まと》っていて。

「恥ずかしいけど……うん、よろしくお願いします」

私の身体も熱くなり、期待で下半身が甘く疼《うず》いた。

「今日は茉優のお喋り記念日で、俺たちの本格的なエッチ再開日だな」

これでまた、彼のスマホに新しい記念日が加わった。

来年の今日にはまた一本、ピンクのバラが贈られるのだろう。

Fin

あとがき

こんにちは、田沢みんです。このたびは私の六冊目のルネッタブックス作品をお迎えいただきまして、どうもありがとうございました。

突然ですが、私は『あとがき』を書くのが大好きです。どれだけ好きかというと、編集様に「あとがきを1ページお願いします」と言われたら2ページ書いてしまい、「2ページくらいまでなら大丈夫ですよ」と言われれば嬉しさのあまり3ページになって広告ページを削らせてしまい、そして今回「2〜3ページ」と言われた途端に調子に乗って4ページも書いてしまうくらいには大好きで、なんならもっと……と思っているくらいのレベルです。

それはどうしてかというと、作品のことを語りたくて仕方がないからなんですね。Xでは作品のことをちょこちょこ呟かせていただいているのですが、たった百四十文字では言えることが限られていて。

物語の背景、ヒーローのこと、ヒロインのこと。他では伝えきれなかった作品への想いを本のあとがきで書かせていただけるのが嬉しくて、いつもついつい長くなってしまうのです。

というわけで、今回もたくさん語るので、お付き合いいただけましたら幸いです。

今回のテーマはズバリ『恋と猫カフェと癒やし』。

この作品のプロットを提出する時期に、私が心身ともにかなり弱っておりまして。「無理矢理なすれ違いも強烈な当て馬もなく、お互いの気持ちが揺るぎない状態で一緒に協力してトラブルを乗り越えて、徐々に絆を深め成長していく優しいお話を書きたいです」というTL小説にあるまじきお願いを駄目元でしてみたところ、なんと編集様がOKしてくださったんですよ。

私の担当編集様、わがままな提案を一蹴することなく一旦は受け入れて、作家の代弁者として編集部に掛け合ってくださる漢前な方なんです。タイトルも毎回なるべく最初の案を活かしたものにしようとしてくださっていますし(他作品のあとがき参照)。

自分でお願いしておいてなんですが、今回もルネッタ編集様ってチャレンジャーだなぁ、私のせいで編集部から嫌われていたら土下座ものだな、と心から思いました。今もこのあとがきを書きながら、「編集様、ごめんなさい、今回は4ページです!」とチキンレースのごとくドキドキしています。もしもこの本であとがきが3ページになっていたら、「ああ、編集様も限界だったんだろうな」って思ってください(笑)。

そして本文の内容について。ここまでに書いたように、今回はＴＬ小説お約束のイベントをことごとく排除、またはかなりマイルドにしているので、下手をすると山も谷もない盛り上がりに欠けるお話になってしまう可能性がありました。実際自分でも執筆しながら「これって本当に面白いのかな」と『面白くないだろう病』になっていましたし。おまけに私は猫ちゃんを飼った経験がなかったので情報に乏しく、仕事の描写が薄っぺらくなりそうな不安もあって。

そこでまたルネッタ編集様ですよ！　なんとうちの編集様、自宅で猫ちゃんを飼っていらっしゃったんです。『猫好き婚活パーティー』なるものに参加した経験があるほどの猫好きで（勝手にバラしてごめんなさい）、猫ちゃんの生態や家具の情報などをいろいろいただくことができました。おかげでヒーロー渉の会議での熱弁シーンにリアルさが出ましたし、ヒロイン茉白が猫ちゃんと触れ合うシーンも、猫ちゃんを飼っている皆様が読んで違和感のない内容になっているのではないのかな……と思っています。

編集様、アドバイスをいただきありがとうございました。いつもわがままを言って困らせてごめんなさい！　よかったら次は『猫好き婚活パーティー』での面白エピソードを詳しく教えてください。『猫カフェ・ショコラ』のアルバイトちゃんが茉白に触発されて婚活パーティーに行って……なんてお話はいかがでしょうか。ご検討いただけましたら幸いです。

本作のイラストは小島ちな先生が描いてくださいました。優しくて可愛くて、作品の世界観にぴったりだと思いませんか？　すべてが私の思い描いていたイメージそのままです。特に看板猫のショコラ！　おデブでふてぶてしくて、愛すべきボス猫という雰囲気が見事に表現されています。ピンクの肉球もプニプニしたくなっちゃいますよね。小島先生、素敵に描いていただき本当にありがとうございました。

他にも編集部の皆様、校正様、営業様、デザイナー様、印刷所の方々、書店員様など、たくさんの皆様のお力によって本を出させていただいております。心から感謝申し上げます。

そして何より、たくさんのＴＬ小説の中から本作を選んでくださった読者の皆様、本当にありがとうございました。皆様にもこのお話で少しでも日々の疲れを癒やしていただけましたら幸いです。そしてこの中の一文でも一行でも何か心に残るものがありましたら嬉しいです。

どうか次回作でもお目にかかれますように。

田沢みん拝

ISBN978-4-596-70736-9　定価1200円＋税

ルネッタⓁブックス

オトナの恋がしたくなる♥

おまえは唯一無二の俺の恋人だ

フェロモンだだ漏れ拗らせホテル王
×堅物オカン系CA

ISBN978-4-596-71216-5　定価1200円＋税

一夜の恋じゃ終われない

～傲慢ホテル王の甘い執着～

MIN TAZAWA

田沢みん

カバーイラスト／蜂不二子

「二年前のあの夜に、とっくにおまえに囚われている」恋人に二股をかけられていたうえにこっぴどく振られてしまったCAの菜月は、失恋のショックでヤケ酒し、酔った勢いで行きずりの男と一夜を共にする。二年後、ファーストクラスを担当する菜月の前に、あの夜身も心も慰めてくれた久遠臣海がVIP客として現れる。「今すぐ俺の女になればいい」俺様な臣海はあれから菜月を探していたようで…⁉

ルネッタ Ⓛ ブックス

猫も杓子も恋次第
～麗しの御曹司さまはウブな彼女に癒やされたい～

2025年2月25日　第１刷発行 定価はカバーに表示してあります

著　者　田沢みん

発行人　鈴木幸辰
発行所　株式会社ハーパーコリンズ・ジャパン
東京都千代田区大手町 1-5-1
04-2951-2000（注文）
0570-008091　（読者サービス係）
印刷・製本　中央精版印刷株式会社

Printed in Japan
ISBN978-4-596-72531-8